できそこない魔女の嫁入り

～かつての弟子からこじらせ溺愛されて成り上がります～

プティルブックス

Character
ジークルビア・ガルタン
ミッドガルド王国の名門・ガルタン公爵家の跡取り。人間の奴隷として売られていたが魔法を使うことができ、その類稀なる才能から「魔導公爵」の異名を持つまでに成長。幼い頃に自分を救ってくれたものの、突然姿を消したリーニャを捜し続け……？
リーニャ・ココリス
羊角族の亜人。魔法が使えないことが原因で、故郷である亜人の国を追われる。成り上がりを目指してやって来た人間の国・ミッドガルド王国で、奴隷だったジルと出会い、師弟関係に。しかし思わぬ人物と会ったことで、苦悩の末にジルとの別れを決意する。
ガルタン公爵家に仕える騎士であり、狼族の亜人。生意気なジルに呆れながらも、冷静に見守っている。普段は寡黙だが、こと自分が持つ畑については饒舌になる。
ロゼット
ミッドガルド王国の王子で、近年稀に見る秀才。その美しさと、無自覚に思わせぶりな行動を取ることで多くの女性を魅了している。
フランシス・ミッドガルド
ミッドガルド王国の王弟であり、ジルに次いで二番目に優れた魔導師。自身の王位継承権順位を下げたフランシスをよく思っていない。極度の亜人嫌い。
オリバー・ミッドガルド

Contents

第一章　できそこないの魔女と愛の重たい弟子

「さぁ！　目薬、風邪薬、頭痛薬に睡眠薬！　惚れ薬に発情薬もあるわよ！　よりどりみどり、買った買ったぁっ！」

ミッドガルド王国の王都路地裏。そこにひっそりと佇む雑貨店に響く、場違いなほど明るい声――。

「お買い得にしとくから！　ね！　ね？」

「しつこい！　毒薬だけでいいっつってんだろう！」

「そんなぁ～っ！　ヒュードさん、手広く商売してるじゃない！　私の薬ももっと買ってよ～っ！」

「【羊角の魔女】さんよぉ……。ただでさえ亜人の商品は売れねんだから、取引してやってるだけでも感謝してくれ」

店のカウンターを挟み、明るい声の主――十代後半の見た目をした少女【羊角の魔女】と立派な口ひげを蓄えた初老の男性店主が揉めていた。

さほど険悪な雰囲気ではないが、【羊角の魔女】は納得のいかない表情を浮かべて、「亜人だからなんだっていうのよ……」と小さな声で呟いた。

少女の名前は、リーニャ・ココリスといった。

ふわふわと白く長い髪に琥珀色の瞳、小柄な体にはダークブルーを基調とした魔女装束を纏い、頭には大きな三角帽子を被っている。

そして何より特徴的なのは、頭から生えている二本のツノだった。

リーニャは人間ではなく、デモニア王国という隣国で生まれ育った亜人だった。

亜人とは、獣の耳や尻尾、翼といった特徴を有していたり、成年期が非常に長かったりと、人間とは様々な違いを持つ種族だ。

とりわけ大きな相違といえば、亜人は体内で魔力を生成し、魔法として自在に操ることができるという点だろう。

リーニャは亜人の中でも羊角族という、頭のツノで魔力を作る種族だった。

ただ、リーニャの右ツノは途中でぽっきりと折れてしまっていて、大きな三角帽子はそのことを隠すかのように斜めに被られていた。

（人間相手なら上手くやれると思ったのに……。ここでも私は……）

悔しい気持ちを呑み込んで、リーニャは大量の薬瓶が入ったトランクをぱたんと閉じた。

これ以上食い下がっても、闇商人は取り合ってくれそうにもない。

生まれて間もなく片方のツノが折れてしまったリーニャは、魔力をツノで作ることができず、もちろん魔法を使うこともできない。

魔法への強い憧れや渇望があっても、どれほどたくさんの本を読んでも、どれほど練習を繰り返しても無駄だった。

散々足掻いて分かったことは、実力主義のデモニア王国では、魔法を使うことができないリーニャのような者の立場はとても弱いということだった。町を歩けば後ろ指を差され、欲しい物も売ってもらえない。もちろん働き口などあるわけがない。

だからリーニャは、心機一転目指せ成り上がり！　の想いで人間の国——ミッドガルド王国にやって来たのだ。

しかし、現実は思い描いていた夢のようにはいかない。

三十年前まで争っていたデモニア王国とミッドガルド王国は、戦争の終結時に平和条約を結び、表面上は友好的だ。

両国の移民の受け入れ、商業、研究、教育など、様々な分野で交流が図られ、ここミッドガルド王国でも亜人をよく見かけるようになった。

けれど、それは国王の威光の届く場所に限られていた。つまりは王都から遠くなればなるほど、亜人と人間の関係の溝は深いままとなっている。

特に亜人は人間社会から弾かれがちで、今のリーニャはまさにその状態だ。

「ヒュードさん、ど——しても買ってくれないの？」

あざといキラキラとした眼差し攻撃に転じるリーニャだったが、やはり現実は甘くない。

「売れねぇもんは買わねぇ」

スパンと言い捨てた店主――ヒュードの言いたいことも分かる。

彼の「雑貨店店主」という肩書は便宜上のものであり、実際は表には出せないような違法薬物や武器、奴隷の売買も行う、いわゆる「闇商人」だった。

そんな闇の商売人であるヒュードは、亜人が持ち込んだミッドガルド王国の法律に準じないような魔法具や薬も買い取ってはくれるものの、肝心の売り上げが芳しくないらしい。

「この国の人間は、魔法と無縁のヤツがほとんどだ。知識があるのはお貴族様だけだし、そりゃあ魔法使って戦争で大暴れした亜人なんか、怖ぇに決まってんだろ？　だから受け入れねぇ。受け入れたとしても奴隷として、だな。昔はそれが普通だったんだから」

「そんな『普通』お断りよ！」

リーニャが眉根を寄せて睨みつけると、ヒュードは「おぉ、怖ぇ」と、いかにも怖くなさそうに大袈裟に肩を竦めてみせた。

そして、さらりとひと言。

「ま、あんた自身を商品にするか、ウチの売れ残りを買い取ってくれるなら、定期契約を考えてもいいんだがな～」

「後者一択！　見せなさいよ！」

挑発的な態度が鼻につき、リーニャはカウンターをドンドンッと軽く丸めた拳で叩いた。

「違法薬物？　それとも無許可の魔法具？　このリーニャ様が有効活用してあげるわよ！」

「モノじゃねぇ、奴隷だ」

「奴隷……？」

それを先に言いなさいよと文句を口にしたくなったリーニャだが、ヒュードはその隙も与えずに説明を始めた。

「よそには言うなよ？　何度売っても返品されちまう疫病神《やくびょうがみ》なんだ。俺も初めは何かの間違いだと思ってたんだがな……。枷は真っ二つにするし、ムチは粉微塵《こなみじん》、挙句の果てに買い主の屋敷を全焼させちまったヤバい奴だ。呪われているに違いねぇ」

(こっっっっわ!!　どんなバケモノよ、それ!!)

想像するだけで、ぶるりと悪寒が走る。

だが、強がりな性格のせいで、リーニャには引き下がるという選択肢がなかった。

「ふぅん？　面白そうじゃない！」

と、うっかり好戦的な返事をしてしまう。

(ど、どうしよう……。巨大モンスターみたいな奴隷をお買い取り？　っていうか、マジのモンスターなんじゃない？　私、世話できるかなぁ……)

ハラハラしながらヒュードの後について奥の部屋へと足を踏み入れると、そこには猛獣用のとびきり頑丈な檻が置かれていた。

大人が数名は入れそうな大きさの檻だが、いったいどんな凶悪な生き物がいるのだろうと、リーニャは息を呑んで身構えた。

だが、檻の中に囲われていたのは、バケモノからは程遠い存在だった。

「人間の……子ども……？」

炎のように鮮やかな赤色の髪をした少年だ。

十歳そこそこだろうか。ハッと目を引くような整った顔立ちをしているが、よい扱いを受けてこなかったことが一目で判るやつれっぷりが痛々しい。細い体に似つかわしくない厳つい鉄の首輪と足枷が少年の思考まで縛っているらしく、彼は檻の隅で膝を抱えて俯いていた。

「綺麗な子ね……。愛玩奴隷……？」

「あぁ。変態貴族に売りつけて終わりのはずだったんだ。……魔女、気を付けろ。今は睡眠香炉で弱らせてるが、近付きすぎると威嚇してくるぞ！」

ヒュードは檻からかなり離れた場所で立ち止まり、恐ろしそうに怯えながら少年を指差していた。

だが、リーニャは奴隷の正体が幼い人間の子どもだと分かると、つい先ほどまでの悪寒などなかったことにして、興味津々に近付いた。

恐ろしい巨獣奴隷を買うことには抵抗があったが、人間の子どもなら話は別だ。

適当な価格に値切って買い取り、どこかの施設や修道院にでも預ければ問題ない。キャッチアンドリリースで、リーニャも少年もウィンウィンだ。

そしてヒュードと契約を結び、定期的に薬を卸すことができれば、きっとモトなんてすぐに取り戻せるだろう。

「こんなちびっこが呪いで屋敷を燃やした～？　誰かに罪を擦《なす》り付けられただけなんじゃないの～？」

少年から邪悪さを感じなかったため、リーニャはますます調子に乗って檻の中を覗いた。

すると、檻の隅っこで蹲《うずくま》っていた少年がリーニャの存在に気が付き、青ざめた顔を向けてきた。

長いまつ毛に縁取られたグリーンの美しい瞳が怯えたように震え、リーニャを捉える。

（わ……。吸い込まれそうな瞳って、ほんとにあるんだ……）

改めて少年を見つめると、かなりやつれてはいるものの、くっきりとした目鼻立ちと大きな瞳が印象的な美少年だ。ヒュードが愛玩用に売り捌こうとしたことにも頷ける。

リーニャがついうっかり少年に見惚れていると、何やら少年が一生懸命に口を動かしていることに気が付いた。

かすれたその声を聴こうと、リーニャが「え？　なんて？」と少年に耳を寄せて聞き返すと
――。

「――いで……。来ないで……っ！」

リーニャが「えっ」と声を上げた時には、少年を中心に発生した烈風が目の前に迫っていた。

「ひぃぃぃぃッ！」

リーニャが咄嗟に盾にした愛用のトランクは、刃物のような風によって真っ二つになってしまった。

実に無惨で悲惨。中身の薬瓶も鮮やかに切断され、ドバドバとこぼれてくる薬液が混ざり合って、危険な匂いと謎の煙を発生させている。

「いやぁぁぁっ！　何するのよぉぉっ！」

しかし、リーニャの断末魔のような悲鳴は、止まらない烈風によってかき消されてしまった。

シュンシュンッと店の中を暴れ狂う風は、周囲の物——店頭に並べることができないような違法度合の高い商品をどんどん破壊していた。

ヒュードの「ぎゃ——っ！　売り物がぁぁ……！」という阿鼻叫喚がリーニャの耳にも届く。あんなものを食らったら、人間の身ならば大怪我は間違いないだろう。

「どこが睡眠香炉で弱ってる、よ！　めちゃくちゃ攻撃的じゃない！」

「アンタが近くに行くからだ！　これ以上、ヤツを刺激するな！　呪い殺されるぞ！」

言い争っていても仕方がない。

リーニャは真っ二つになってしまったトランクを泣く泣く床に下ろすと、振り返ってヒュードに向かって手のひらを突き出した。

「檻の鍵、貸して！　大事なモノを壊されて黙っていられないわ！　子どもにものを教えてやるのが大人の務めでしょ！」

「おいおい、勘弁してくれ！」

ヒュードが怯えて動こうとしないので、リーニャは彼の首にぶら下がっていた鍵束を乱暴にふんだくった。

鍵を手に、リーニャはずんずんと檻に迫っていく。

「そ……それ以上近付いたら、僕の呪いが……！」

檻の隅で涙を浮かべている少年は、檻と彼を繋ぐ鎖の不快な音をジャリリと立てながら、両手を前に突き出してリーニャを拒んだ。

少年からは怯えの感情が滲み出ている。だが、敵意や悪意は感じられなかった。

（この鋭利な風は、この子が自分を守るために無意識に出してるんだわ——）

だとしたら——と、リーニャは力を込めて檻の鍵穴に鍵を突き刺した。

ガチャリ、と開錠の音が鳴ると同時に、刃のような烈風がリーニャの頬を掠め、鮮血を散らした。

「…………っ」

頬に走る鋭い痛みに、リーニャは顔を一瞬しかめた。

しかし、悲鳴は上げなかった。

「ご……ごめんなさい……。許してください……、ごめんなさい……！」

少年の顔は恐怖一色に染まり、怯えた声で謝罪を繰り返している。檻の隅でガタガタと震えるその痛ましい姿に、リーニャは胸が押し潰されそうになった。

「呪い？　ショボい魔法の間違いでしょ？」

リーニャは努めて明るい声を出しながら、檻の扉を開き、中へと入った。

すっかり怯えきった少年は殴られると思ったのか、身を小さくして瞼をぎゅっと閉じていた。

だが、リーニャにそのようなつもりは毛頭なかった。

リーニャの脳裏によぎっていたのは、幼い頃の自分の姿だった。

ツノが折れた羊角族であるリーニャは、幼い頃から弾き者にされた。

特に両親はリーニャのことを『できそこない』と罵り、まともな食事も与えず、少しでも機嫌を損ねると力任せに殴ってきた。

当時外の世界を知らなかったリーニャは、魔力を持たない自分が悪いから仕方がないと思い込み、ひたすら両親に「ごめんなさい」と泣きながら謝っていた。

(誰も教えてくれなかったから、私は家を飛び出すまでそれが普通だと思ってた……。子どもは生きる環境を選べない。環境次第で得られる知識も自由も大きく左右されるのに、その重要性も分からない……。この子は似てるんだ、何も知らなかった頃の私に……。魔力がなかったことに苦しんだ亜人の私と、魔力があるせいで苦しむ人間の子……、境遇は正反対だけど――……)

リーニャはじくじくと痛む記憶の蓋をそっと閉じると、膝を折って震える少年を優しく抱きしめた。

「え……」

少年が驚いた声を上げ、体をこわばらせた。

なんて小さくて頼りない体だろう。

こんな子が今まで何度も売られ、その度にどんなに怖い思いをしてきたかを想像すると、リーニャの瞳にはひとりでに涙が滲んできた。

リーニャは少年に気付かれないように涙をまばたきで消し去ると、凛とした声で静かに告げた。

「あんた、私の弟子になりなさい」

「へ……？」

予想もしなかった言葉に目を丸くする少年は、驚いた顔でリーニャを見上げていた。

リーニャは目尻を下げて微笑み、少年の頭を優しく撫でた。すると彼の頬に赤みが差したが、ますます戸惑った表情になった。

「人間では珍しいけど、それ、過剰な魔力の暴走よ。呪いなんかじゃないんだから！　ミッドガルドの人間は、魔法学に疎くて困るわよね」

リーニャは人間の無知をやれやれと大袈裟に嘆いてみせながら、頭の三角帽子を脱いで腕に抱えた。

「トランクを壊したお説教は後でするとして……。まずは、その抑えきれない魔力。私がもらってあげるから、ここに移しなさい」

リーニャは、ぽっきりと折れている右ツノを指で指し示した。

リーニャのツノは魔力を作ることができないが、外部からの魔力を受けることはできる。

出生時、生死を彷徨ったリーニャのツノに医者が魔力を直接流し込み、命を取り留めたという話を何度も母親から聞かされていたので、間違いないはずだ。

ただし、母親は「あの時、医者が余計なことをしなければ――」と忌々しげに語っていたのだが。

「ホラ、早く。ここにこうやって、こんな感じよ！」

リーニャは自分のイメージを元に手をツノの近くでパタパタと動かしてみせるが、少年は大いに戸惑っていた。

宝石のエメラルドのように美しい瞳を不安そうに泳がせながら、「え……えーっと、えぇぇ……」とおろおろ狼狽え、そして――。

『ちゅっ』

可愛らしい音が耳元で聞こえ、リーニャは飛び上がりそうになった。

少年はめいっぱい背伸びをして、リーニャのツノにキスをしていたのだ。

「なんでキス⁉」

手から魔力をぽわぽわ～っと送り込むやり方を想像していたので、リーニャの声は思わず裏返ってしまった。

恥ずかしそうにもじもじしながらこちらを見ている少年に、大人として物申さねばとリーニャは口を開こうとした。

だが、体の中心にせり上がってくる心地よい感覚のせいで、まともに口を利くことができなかった。

（んんんっ‼　何これ……っ‼）

胸がドキドキと高鳴る。

体が熱く、ぴりぴりと痺れる。

思考がとろけるような甘い感覚に溺れそうになり、つい意識を手放したくなってしまう。

「ん……あぅ……ッ」

自分の意思に反して、艶っぽい声が漏れ出てしまった。

リーニャは自分のままならない体に驚きながら、その場にガクンと膝を突いた。

ドクドクと全身に押し寄せる快楽の正体が少年の魔力だと気付いたのは、その少し後のことだった。

元々魔力を持たないリーニャには刺激が強すぎたのか、それとも単に相性の問題なのかは分からない。だが、想像を超える少年の魔力の量と濃さに、リーニャの体はすっかりへろへろになっていた。

「う〜〜……、あんたねぇ……！」

腰が砕けて床に蹲っていたリーニャは、ぷるぷると全身を震わせながら少年を見上げた。小言の一つでも言わねば気がすまない心境だったことは、言うまでもない。

しかし――。

「すごい……！　体が急に楽になったよ！　ありがとう、お姉ちゃん！」

少年の花が咲いたかのような明るい笑顔を見ると、リーニャは何も言えなくなってしまった。

むぐぐ……と喉まで出かかっていた言葉を呑み込むと、リーニャは「しょうがないわね」と小さなため息を吐き出して立ち上がった。

「お姉ちゃんじゃなくて、リーニャ先生！　今日から私はあんたの師匠よ！」

「はいっ！　リーニャ先生！」

「よろしい！」

初めての「先生」呼びは少しむずむずとしたが、素直に返事をくれた少年を見ていると、なんだかとても清々しい気持ちになった。

故郷の亜人たちが今のリーニャを見たら、『できそこない』のくせにと嘲り笑うかもしれない。

だがそれでも、リーニャは何も知らない少年を放っておくことができなかった。

そして、何より――。

「…………」

リーニャは先のことに思いを馳せつつ、ヒュードから奪った鍵で少年の首輪と足枷を外した。

どうやら、リーニャは自然と優しい顔になっていたらしい。

少年は安心した表情でずっとリーニャのことを見つめていた。熱視線、という表現が一番近いかもしれない。

(まぁ、懐かれる分にはかまわないわよ)

リーニャが少年の熱視線に再びむずむず感を覚えていると、柱の陰に隠れていたヒュードがようやく姿を現した。小太りの腹で壊れた商品を抱きかかえながら、悲嘆に暮れた様子でリーニャたちに視線を向けている。

「バケモノを檻の外に出して大丈夫なのか!?　店をめちゃくちゃにしたヤツだぞ!?」

「もう平気よ。正確には、これから大丈夫になるように教育するんだけど」

「どういう意味だ？」

「この子は私が買うわ！」

リーニャはヒュードに向かって、硬貨の入った革袋をひょいっと放り投げた。そして、ヒュードにしか聞こえない声量で付け足した。

「三百ゴールドでいいわよね？　厄介払いしたいんでしょ？」

「お……おう……。そりゃ有難いが、いったいなんで……」

ヒュードは、リーニャの行動に面を食らったらしい。信じられないといった目で、リーニャと硬貨の袋を交互に見比べている。

しかしリーニャは説明をする気などさらさらなく、「じゃ、お店の片付け頑張ってね！」と後ろ手に手を振りつつ、檻から店の玄関に向かって歩いていった。

「さぁ！　行くわよ、少年！」

「は……はいっ！」

少年の華奢な手を握ると、リーニャは振り返らずにヒュードの店を後にした。

裏通りから表の大通りに出ると、城下町は多くの人間たちで賑わっていた。通りに面した場所には食べ物の露店が出ていたり、建物が花飾りで彩られていたりと、いつもの何倍も華やかな空気が漂っていた。

「わぁ！　なんだか楽しそう……！」

リーニャに手を引かれて歩く少年は、物珍しそうに周囲をきょろきょろと見回している。

その時リーニャはちょうど、ヒュードの店に毒薬を納品するのを忘れてしまったことに気が付いた……というか、少年にトランクごとすべての薬を駄目にされていたことを思い出していたのだが、町の浮かれた空気も手伝って、まぁいっか！　と思い始めていた。

ヒュードの店も訪れる予定は二度とない。もうちまちまと薬を売るヴィジョンは、リーニャの頭にはなかった。

リーニャが少年を振り向くと、彼の無垢な瞳とぱちりと目が合った。

「リーニャ先生。ミッドガルド王国の城下町ってすごいですね。人がいっぱいいます！」

「あんた、城下町に来たことないの？」

「はい……。僕を買った人たちは、一度も外には出してくれなかったので……。あ、お屋敷を燃やしちゃった時は、いつの間にか外に出てましたね」

恐ろしいことを言うんじゃない……！　と、リーニャは顔を引き攣らせながらも「へぇ」と相槌を打ち、平静を装って話を再開させた。

「今日は特別賑わってるわ。ミッドガルドとデモニアの二国会議があるから、町の人間が亜人の要人たちを歓迎してるのよ……表向きは」

リーニャは町の建物に掛かっている「ようこそ亜人のみなさん！」という横断幕を一瞥《いちべつ》すると、その後は興味を失くしてしまった。自分のような出稼ぎ目的で来訪した亜人は、歓迎対象に含まれていないことを分かっていたからだ。

（あと十年もすれば、人間の考え方も変わるかもしれないけど……）

「でも、リーニャ先生は人間の僕に優しいです！」

リーニャがつい歩く速度を速くしてしまうと、少年は駆け足気味に隣に並んできた。すでに懐き度合がなかなか高い。

「私の優しさは止まることを知らないの。哀れな子どもを放っておけないでしょ？」

「先生……！」

聖母のように微笑むリーニャを見て、少年は目を輝かせた――が、リーニャは心の中でしめしめとほくそ笑んでいた。

（世の中、優しさだけじゃ食べていけないのよ！　この溢れる魔力は私が有効利用するんだから！）

すでにリーニャの脳内には、この少年を利用した素敵未来予想図が描かれていた。

今のミッドガルド王国は、魔導師の数どころか魔法の知識も乏しい。

だがおそらく数年以内にはデモニア王国の影響が色濃く出始め、人間たちは魔法への畏怖の念を捨て、価値を見出すに違いない――とリーニャは踏んでいた。

かつて人間たちは魔法を戦争の切り札であると認識していたが、亜人にとってのそれは、日常生活を豊かにする技術そのものなのだ。平和な時代が続けば、人間たちもきっと魔法の有用さを求めてやまなくなるはずだ。

ゆえに目の前の魔法の才に溢れる少年は、まさにダイヤの原石。

魔力量が多すぎるための暴走の懸念はあるが、リーニャへの魔力譲渡も問題なく（キスには驚いたが）やってのけたのだ。こちらで魔力の保有量を管理してやれば、その制御方法を覚えることもさほど難しくないだろう。

（それさえクリアできれば、後は魔法の知識をジャンジャン注ぐだけ！　魔法の研究や魔法具の開発で稼ぐのもいいし、魔物の討伐や要人の護衛もできちゃうわ！　私は絶対に成り上がってやるんだから!!　待ってろ、未来のセレブな私!!）

「うふふふ……」

おとぎ話の魔女さながらの悪い顔は、少年には秘密である。

リーニャは人一倍上昇志向が強い。美味しいものをたくさん食べたいし、いい服も着たいし、いい家にも住みたい。お金もあればあるだけよい。

今後しばらくはちまちまと薬を売るよりも、貯金を切り崩してでも少年を鍛えることに集中する方が有益だろうと、リーニャは一人でうんうんと頷いた。

（頼んだわよ！　原石！）

心の中でそう呼んだところで、リーニャは少年の名前を知らないことに気が付いた。

「そういえば、あんた名前は？　親はどうしたの？」

デリケートに気遣っていても仕方がない。必要なことは聞いておかなければと、リーニャはストレートに尋ねた。

少年の顔が、一瞬だけ曇った。

「僕、ジルって名前しか覚えてなくて……」

「それは好都合……じゃなくて、可哀想に……。きっと何かショックなことがあったのね……。記憶が戻るように協力してあげるわ……」

リーニャ、再びの聖母フェイス。

自分の家に勝手に帰ったり、親にこっそりと連絡を取ろうとすることはなさそうなので、まずは少年の心を鷲掴みにしようと、リーニャはとびきり優しい声を掛けたのだが――。

「いえ。けっこうです！」

少年――ジルは、実に晴れやかな笑顔で言いきった。

「僕の記憶は、リーニャ先生と出会った今日から始まりましたから。リーニャ先生が呼んでくれる名前だけあれば十分です！」

「えっ？」

可愛い満面の笑みで、ジルがぐいぐいと迫ってきた。リーニャの手を包み込むように両手で握り、瞳を宝石のエメラルドよりも眩しく輝かせながら、熱視線を向けてくる。熱い、視線が熱い。

「そうだ！　魔力を安定させたいので、毎日リーニャ先生のツノにキスしてもいいですか⁉」

「えっ？」

「いいですよね⁉　ありがとうございます‼」

「えええっ！」

しかも話を聞かないときた。

亜人からも人間からもこれほど懐かれた経験のないリーニャは、ジルの瞳から今にも飛び出しそうなハートの気配をビシビシと感じ、眩暈《めまい》がする思いだった。

（どうしよう！　私、すっごく重たい子を弟子にしちゃったかもしれない——‼）


リーニャは体中がぽかぽかと温かく、柔らかい雲にでも包まれているかのような感覚にまどろんでいた。

（なんだろう……すごく気持ちいい……夢かな……）

まだまだ目を閉じていたい気持ちに浸っていた時だった。

「うわぁ……リーニャ先生、今朝も可愛いなぁ……。寝顔だけでバゲット五本くらい食べれちゃうなぁ……。うん……可愛すぎ……」

すぐ耳元で聞こえたそんな声と、ちゅっちゅっと繰り返されるツノへのキス。

とてもではないが、リーニャが安らかに眠り続けることなど不可能だった。

「ジ〜〜ル〜〜〜ッ！」

リーニャが火照った体のまま飛び起きると、ベッドの前には目尻を下げたジルが立っていた。

「おはよ、リーニャせんせ。そうだ、おはようのキス、もっかいしよっか？」

「しない！　ずっと言ってるけど、普通に起こして！　魔力を移すのも手でツノに触れるだけで十分だし！　っていうか、あんたもう、魔力の制御できるでしょ！」

朝一番とは思えない早口でまくし立てるリーニャだったが、ジルといえばあっけらかんとしているだけだった。

「だって、万が一魔力が暴走して、大事な先生を傷つけちゃったら嫌だもん。保険はかけとかないと」

「まったく……もっともらしいこと言ってるけど、ただの口実なんじゃないの？」

「もしそうならやめさせる？　俺、もう一人前の魔導師ってことかな？」

「む……。そういう意味で言ったんじゃないわよ！　あんたなんてまだまだひよっこなんだから！」

「じゃあ、いいよね。キスしても」

上手く揚げ足を取られてしまい、今日も今日とてジルに翻弄されているリーニャである。

リーニャが「う〜〜、いいけど……」と渋い声を搾り出すと、ジルは「ありがとう！　先生大好き！」と太陽のような笑顔を見せた。

（あー、もうっ！　この顔に弱いのよね……）

ジルから尋常でない好意を寄せられる師弟生活が始まってから、三年が経っていた。

リーニャは元々持っていた郊外の小さな家にジルを住まわせることにし、家事全般を任せながら、彼に魔法のなんたるかを教え込んだ。

もちろん実技を披露することはできないので、知識だけだ。

だが、ジルの魔法の才能は規格外だった。

一部の魔力はリーニャがもらい受けているとはいえ、暴走するほど大量だった魔力のコントロールと使い方をあっという間に身に付けた。

それだけではなく、地水火風《ちすいかふう》も指先一つで思いのまま、亜人の神官が数年かけて覚えるような治癒魔法もわずか半年で習得。一年後には高度な錬成魔法や転移魔法を連発できるほどに成長してしまった。

（デモニアにだって、こんなすごい魔導師いなかったわよ。本当に何者なの……？）

三年経った今でも、ジルの記憶は戻っていなかった。

魔力を体内で作ることができる人間は、王族などごくわずかしかいないはずなので、リーニャはミッドガルド王家を中心に「ジル」という名の子どもがいないかを調べた。しかしそのような名前の者は一人もおらず、結局ジルの出生は分からずじまいだった。

稀に魔力を発現させる平民もいるそうだが、そこまで広く調べる必要性をジル本人が否定したので、そのまま現在に至る。

「先生、やっと来たね。朝ごはん、できてるよ！」

リーニャが着替えを済ませてダイニングルームにやって来ると、エプロン姿のジルがくるりと後ろを振り返った。

風魔法を巧みに操り、焼きたてのトーストや目玉焼きをふわりふわりと優雅に皿に盛り付けるジルは、いとも簡単そうにそれをやってのけたが、実際はかなり高度な魔法だった。

（物体を浮かすだけでも難しいっていうのに、この子は〜〜〜ッ！　しかも映える盛り付けだし〜〜〜ッ！）

リーニャが皿越しにジルを「むむむ」と見つめていると、視線に気が付いたジルとぱちりと目が合った。

「どしたの？」

爽やかな笑みを浮かべるジルは、三年経って、いっそう美少年っぷりに磨きがかかっていた。まだリーニャの方が高いものの、彼の身長はすらりと伸び、一つにまとめて背中に垂らしている赤い髪はルビーのように美しい。輝く翠眼は、エメラルドのようにキラキラと輝いているし、きめの細かい肌は玉のよう。

そして何より、ジルの無垢な笑顔には誰をも魅了する華やかさがあった。見つめられると、ずっと一緒に暮らしているリーニャでさえ、ドキッとして目を奪われてしまうほどだ。

ちなみに魅了魔法は教えていないので、百パーセント、ジル本人の魅力だ。天然の美少年、恐るべしだ。

けれど、言葉は美少年というよりも、少し背伸びをしたようなものが多い。

「先生、やっと俺に惚れてくれた？」

目を猫のように細めるジルは、こんな台詞をしょっちゅう口にする。

どこで覚えてきたのか知らないが、大人のキザな言葉を真似しているのだ。

「俺とか言っちゃって、可愛くないわよ！」

「可愛くなくていいし。俺は先生を守れる強い男だから♪」

「生意気〜〜〜ッ！　ちょーっと魔法ができるからって、調子に乗るんじゃないわよ！」

ジルの口説き言葉にリーニャがムッとしながら言い返すというのが、二人の定番のやり取りだ。

ジルの魔法が「ちょーっとできる」レベルではないことは、師匠であるリーニャが一番よく理解しているのだが、お調子者のジルをおだてるとさらに調子に乗ってくるので、評価はいつも辛口だ。

（まぁ、すごい魔導師になってほしくて教えてきたけど、さすがに羨ましくなっちゃうな〜〜……なんて……）

トーストを頬張りながら、ふと思う。

亜人に生まれながらも魔法と縁がなかったリーニャと、人間でありながら魔法の才に恵まれているジルをまったく比べるなと言う方が無理があるだろう——。

「——このパン美味しい！」

しかし、そんなちょっと複雑な気持ちを吹き飛ばすくらい、今朝のトーストの味は格別だった。

そう、ジルは料理も上手い。

この点については有難いのひと言に尽きる。

リーニャは、趣味の延長線上にある薬やお菓子は器用に作る。だが、料理に関しては大雑把に切る煮る焼くのワイルド仕様であるため、ジルの料理スキルにはとても世話になっていた。

「えへへ。先生のためにパンの焼き方も覚えたんだ～。町のパン屋さんにコツを教えてもらってさ」

ニコニコのジルは、「先生が好きな食パンから覚えて～」、「先生好みの焼き加減にして～」などと、リーニャのためにどれだけ頑張ったかを語って聞かせてくれた。

(またこの子は、いったいいつの間に……⁉)

つい先日は洋食の名店で秘密のレシピを伝授してもらったり、その前の週は鮮魚店で魚の捌き方を習得してきたりと、ジルは軽いフットワークで町へと繰り出し、どんな小難しい相手からでも何かの技術を無償で獲得して帰ってくるのだ。

それもこれも、ひとえに師匠であるリーニャのため。

(なんて献身的な弟子……だけど――)

パンの厚さもミリ単位までリーニャ好みにしたのだと熱弁するジルは、リーニャにぴったりと張り付くようにして椅子に腰掛けている。

(距離が異常に近い……！)

文字通りのゼロ距離。おまけにジルがリーニャの顔を覗き込んでくることも多々あるので、うっかり顔がぶつかってしまうのではないかと心配になってしまうほどだ。

多分、師弟の距離感ではない。

記憶がないジルが唯一家族のように頼ることができるのはリーニャだけなので、仕方がないのかもしれない――のか？

（頼れる家族なんていなかった私には分からない……！　分からないわよ――っ！）


朝の十時になると、店を開ける。

リーニャとジルの二人の店――魔法の店【キャンディハウス】だ。

その名の由来は、文字通り「お菓子の家」。ジルを引き取る以前は、リーニャが薬草を使ったお菓子を売っていたことから付けた名前だ。

今も細々と焼き菓子やキャンディを作って店の片隅に並べてはいるのだが、相変わらずそれらの売れ行きの方は芳しくない。三年前よりはマシになったとはいえ、未だミッドガルド王国の人間は、亜人が作ったものに積極的に手を伸ばそうとはしないというのが実情だ。

（別に変なもの入れてないし、体にいい薬効ばかりなんだけどな……）

作っても作っても、ほとんどが自分のおやつになるのは、ちょっと切ない。

だが、今のリーニャにはそんな切なさを上回る野心があった。お菓子以上の稼ぎ頭が【キャンディハウス】にお客を呼び込んでくれるからだ。

「こんにちは～～～！」

カランカランとドアベルが鳴り、ふんわりと優しい女性の声が店に響いた。

(来たッ！　上客！)

リーニャが勢いよくくるりと振り返ると、それよりも速く、眼鏡をかけた綺麗な中年女性がジルに飛びついていた。

「ジルく～～～ん！　今日も可愛いわね！」

「イ……イリスさん、いらっしゃいませ。今日のご依頼は……あの、ちょっ……やめて……」

出会いがしらによしよしなでなでされているジルは、「イリスさん」と呼んだ女性の腕の中でもがいていた。

このイリスというお客は、ジルの大ファンだった。

ここ【キャンディハウス】は、元々は魔法の知識を活かした薬やお菓子を売る店だったのだが、ジルが来てからはお客の困り事を魔法で解決する、何でも屋のような商売を始めていた。

ちなみにジルが店頭に立つようになると、依頼が激増した。というのも、イリスのようにジル目当てでリピートしてくれる人間が増えたからだ。

この三年間、ミッドガルド王国の亜人親和政策の成果なのか、それともジル本人の魅力のおかげなのか、魔法そのものに対する町の人間の意識は、畏怖から崇敬に変化していた。

魔法を使うことができる人間はヒーロー！

そして見目麗しい美少年は正義！

そんな噂が人から人へと伝わり、ジル会いたさに些細な依頼を持ち込んでくれるお客が【キャンディハウス】を支えてくれているのだ。

中でもイリスはジルを激推ししてくれるお客なので、リーニャは彼女のことを密かに「金づる」と呼んでいるのだが、本人には絶対に秘密である。

リーニャの野望はこの調子でどんどんお客を増やし、客層を上流階級に広げていくことだった。

（そのためには着実に依頼をこなさないとね！）

「イリスさん、ごきげんよう。その後、腰の具合はいかがですか？」

「ジル君の魔法のおかげで、とっても調子がいいわ。ありがとう」

リーニャが両手をすりすりと擦り合わせながら近付くと、イリスは満面の笑みでそう答えた。

可愛いジル君に腰を治してもらえて嬉しいらしい。

ところが彼女の腕の中にいたジルは、一瞬の隙を突いて逃げ出し、リーニャの後ろにサッと隠れてしまった。

「僕の魔法はその場しのぎですよ！　先生の湿布が効いてるんだと思います！」

そうかもしれないが、そう言わない方が、お客が喜ぶことだって多い。

ジルに逃げられ「あ……」と寂しそうな声を漏らすイリスとの間に流れる気まずい空気は、なかなかにいたたまれない。

リーニャは空気を変えるため、本題を切り出した。

「えぇっと……それではイリスさん。本日のご依頼、お伺いいたします」

イリスに連れられ、リーニャとジルは町の学校にやって来た――のだが……。

クルッポー……クルッポー、クルッポー、クルッポー!!

(うるっっせ〜〜〜っ!)

ジルもリーニャの隣で「耳がおかしくなりそう……」と顔を歪めている(とはいえ可愛い顔のまま)。

学校の屋根の上にはびっしりと鳩によく似た野鳥が留まっており、ぞっとする見た目と最早騒音と化している鳴き声が相まって、余程の理由がなければ近付きたくない建物になっていた。

この野鳥の正体はクルッポー。群れ単位の鳴き声による音波で生き物を攻撃し、捕食するという、鳩っぽい外見からはかけ離れた肉食の魔物だ。

「クルッポーが校舎に巣を作ってしまったようで、この有り様……。授業どころじゃなくて困っているのよ」

イリスは物憂げなため息を漏らす。以前から話には聞いていたが、イリスはこの学校の校長だ。

ここまで深刻になる前に気付けなかったのだろうか……というリーニャの疑問は置いておいて、本日の依頼は明確この上ない。

「なるほど。こいつらを追っ払えばいいわけですね! ジル! やっておしまい!」

リーニャは自信満々に頷くと、校舎の上のクルッポーの群れを指差して高らかに叫んだ。

「りょーかいっ！」

ジルは一歩前に進み出ると、両手のひらを合わせて目を細めた。

彼の周りだけクルッポーの騒音がかき消されているかのような、シン……と静かで張り詰めた空気が満ちていき、そして――。

「大地を舞う優しき風よ……。我の声に応え、烈風となれ――！」

ジルの足元に淡い緑色の魔法陣が現れたかと思うと、いくつもの竜巻がクルッポーたち目掛けて巻き起こった。

クルッポーたちは激しい豪風になす術なく巻き込まれて、悲鳴さえも風の轟音にかき消されていく。

「ジル！　こっちも……！」

リーニャは大袋を構えて叫んだ。

ジルがその声に合わせて烈風を操ると、大袋の中に入っていた爽やかな青色の花びらが一気に校舎に向かって舞い上がった。

はらはらと舞い散る花びらに包まれる学校は、思わず見惚れてしまうような美しさだった。

「魔女さん、これは……？」

「デモニア産のラピスの花びらです。人には無害ですが、花びらに含まれる魔力が鳥系の魔物の嫌がる香りを放ちます。これで数年は大丈夫かと」

花びらの景色をうっとりと眺めるイリスに、リーニャは簡潔に答えた。

「まぁ……。あなたたちの魔法って本当にすごいわね」

「いえ……。私のは魔法なんかじゃ……」

リーニャはイリスと視線を合わせることができず、自嘲気味に笑って俯いた。

幼い頃、学校に行かせてもらえなかったリーニャが許されていた数少ない行動――家にある本を読むことによって得た知識の一つだった。

それがリーニャの唯一の商売道具と言っても過言ではない。

けれど、知識と魔法はイコールではないことは、定義上明白だ。

魔法には魔力と技術が必要であり、リーニャにはそれがない。自分では【羊角の魔女】などと名乗っているが、あくまでも魔法の店の箔になるようにと思って付けた名前だ。その裏側には、名前負けした小さな自分が隠れていることは、リーニャ本人が一番よく理解していた。

（だって私は『できそこない』だし――……）

落ち込んでいたリーニャの肩にぐいっと手で触れる者がいた。

「え……？　ジル――」

リーニャが俯いていた顔を向けると、ジルは背伸びをしてリーニャの右ツノにキスをした。

ちゅっという可愛らしい音に似合わない、熱くて息苦しく、それでいてもっと欲しくなるような濃い魔力がリーニャのツノへと注がれた。

「な……何してんのよ！　ジル――ッ！　仕事中よ――っ！」

リーニャが心地よい意識の痺れを吹き飛ばそうとして大袈裟に叫ぶと、ジルはパッと離れた。

彼の表情はこれっぽちもふざけてはおらず、真剣そのものだった。

「俺の先生なんだから、胸張ってよ。【キャンディハウス】の魔法は最強なんだから！」

ジルの真摯な瞳に真っ直ぐに見つめられ、リーニャの胸はドクンと跳ねた。まさか弟子のジルからそんなことを言われるとは思っておらず、面を食らったのが半分、嬉しかったのが半分だ。

「……分かってるわよ！　弟子のくせに生意気なんだから！」

リーニャは、自然と込み上げてくる明るい気持ちに任せてジルの頭をわしゃわしゃと撫で回した。

ジルはというと、身長差のせいでわしゃわしゃに抗えず、「うわーっ、やめてよー！」と困った悲鳴を上げていた。


そしてラピスの花びらの香りがすっかり学校全体を包み、一羽のクルッポーもいなくなった後――。

イリスは仮校舎で勉強をしていた生徒たちを呼び寄せ、皆でリーニャとジルを見送りに来てくれた。

「今日は本当にありがとう。魔女さん、ジル君。【キャンディハウス】にはお世話になりっぱなしだわ」

「いえ、こちらこそ。またのご依頼をお待ちしております」

リーニャがイリスから報酬を受け取ったり、書類にサインをしてもらったりと、事務的な手続きを行っていると、背中に隠れていたジルが何やらそわそわきょろきょろとしていた。

リーニャが「ん？　どうかした？」とジルの視線を追いかけると、校庭で遊ぶ子どもたちの姿が目に入った。

「なんでもないよ。学校ってどんなところなのかなって……ちょっと思っただけ！」

ジルの「なんでもない」はだいたい嘘だ。それも、リーニャを気遣った優しい嘘だ。

リーニャが一瞬言葉を失っていると、反対にイリスはたいそう嬉しそうに喋り始めた。

「あら〜！　ジル君ならいつでも入学してくれていいのよ〜！　むしろ大歓迎！　学校はとっても楽しいのよ？」

「べ、別にそんなんじゃ……っ」

「でもジル君には魔法学校の方がいいかしらね。王都に新しくできたらしいわよ〜！」

「そんなとこ行かなくても、俺には先生がいるし……！」

ぶんぶんと力強く首を横に振っているジルをよそに、リーニャの頭の中ではイリスの言葉と持ち得る学校のイメージがぐるぐると回っていた。

(学校……。今まで考えたこともなかったけど、子どもって普通は学校に行くのよね？　学んで、遊んで……恋なんかしたりして？　そういえばジルって友達皆無じゃない!?　このままじゃ、ジルが寂しい残念な大人になっちゃうわ。将来への投資と思って、学校でいろんな経験をさせた方がいいんじゃない？　だって——)

リーニャが顎に指を当てて悩んでいると、ジルが不意にリーニャの肩をトントンと指でつついた。

「俺は、リーニャがいればそれでいい」

大人びた目でリーニャを見上げてくる弟子の言葉は、嬉しいけれど生意気だった。

「こら！　リーニャ『先生』でしょ！」

リーニャが顎に当てていた指でデコピンを食らわせてやると、ジルは「いてて」と不満そうな声を漏らした。

リーニャの胸の中には、両親から教育の機会を与えられなかった自分のようになってほしくないという想いと、ジルにはたくさんの人と関わって、人から多くを学んでほしいという願いがあった。

（だって、私みたいになったら可哀想だもの……。よーしっ！　学校、行かせてあげるんだから！）


数日後、リーニャは一人、王都の城下町を訪れていた。

ミッドガルド王城を囲む町だけあって、行きかう人々にも活気が溢れ、大通りに面した商店に並ぶ品揃いも抜群だ。労働者として働く亜人の姿もちらほら見受けられ、亜人の受け入れ政策の進みは一番早い様子だった。さすがは王のお膝元だ。

（そんな町だから、歩き回るのもちょっと気楽ではあるんだけど……）

ところがどっこい。気楽ではない案件が、リーニャの目の前に高々とそびえ立っていた。

王立魔法学校。上質な環境と教育が保証され、金さえ用意できれば身分を問わず入学が許されるという、魔法の素養のある子どものための学び舎《や》だ。

とどのつまり、お金がないと入れないセレブ学校。

（入学金でアウトだった……！　ジル、貧乏でごめん！）

リーニャは魔法学校の門前で入学案内を握りしめながら、脳内ジルに泣きながら詫びた。

（うぅ……。身分問わずっていうけど、お金持ち限定な時点で平民なんて眼中にないことが明らかなのよね……。くそぉおっ！）

どうにかしてジルにきちんとした魔法教育を受けさせてあげられないものかと、リーニャがとぼとぼと来た道を引き返していると――。

「もし？　そこの亜人のお嬢さん」

「？」

上品な女性の声にリーニャが振り返ると、人捜しと思しきビラを持った老年のご婦人と、灰色の獣耳と尻尾のある亜人の青年が立っていた。

ご婦人は美しく歳を重ねた印象のある、とても上品そうな人間だった。身なりもよく、一目見ただけで上位の貴族の身分であると分かる。

一方亜人の青年は体格が非常によく、剣を腰に差しているので、ご婦人の護衛か何かだろう。ちょっぴり……いやだいぶん目つきが鋭くて怖い。

「こんにちは。あなた、赤毛に翠眼の男の子をご存じないかしら？」

二人の関係を推測していたリーニャに掛けられた言葉は、聞き逃すことができないものだった。

赤毛、翠眼。どちらもジルの特徴に相違なかったからだ。

「あ……あの、その男の子がどうかされたんですか……？」

「私の孫なの。息子家族が数年前から行方不明で……。主人が病に臥せってしまって、最期に孫にだけでも会いたいと言うものだから、あちこちで情報を募っているの。王都なら何か得られるかもと期待したけれど……」

表情を曇らせるご婦人は、病床の夫の願いを叶えるために自ら孫を捜しているというわけらしい。

リーニャは胸にひやりとしたものを感じながら、彼女に尋ねた。

「お孫さん、今おいくつなんですか……？」

「生きていたら十三歳よ。魔法の素養がある子だったから、もし行方不明になっていなかったら、魔法学校に入れていたでしょうに……」

魔法学校を遠目に見つめるご婦人の瞳には、うるうると涙が滲んでいる。

「名前はジークルビアというの」

（ジークルビア……!?）

リーニャはご婦人の言葉に息を呑んだ。

ジルには過去の記憶がないため、正確な年齢は分からない。だが、背恰好的に十二～三歳だろうと想像はしていた。

そして、魔法の素養を持つ子ども自体が珍しいうえに、「ジークルビア」の愛称が「ジル」だとしたら――。

顎に指を当てて思案していたリーニャを見て、亜人の青年が「あんた、何か知っているのか？」と鋭い視線を浴びせてきた。

リーニャは思わず飛び上がりそうになり、慌てて笑顔で首を横に振った。

「い、いえ！　私は何も！　ジークルビア君、見つかるといいですね……っ」

「……そうか。何か少しでも心当たりがあれば、教えてほしい。このビラに連絡先と屋敷の場所を記している」

亜人の青年はリーニャに孫の似顔絵が描かれた紙を手渡すと、改めてご婦人と自分の身分を明らかにした。

「この方はガルタン公爵夫人パルア様……、俺は公爵様にお仕えする騎士ロゼットだ」

「ガルタン公爵家……!?」

リーニャの声が裏返った理由は、ガルタン公爵家がミッドガルド王家に連なる名門貴族だからだ。国王からの信頼も厚く、当主モンドールは歴戦の騎士としても有名だ。

「亜人のお嬢さん、引き留めてごめんなさいね」

ガルタン公爵夫人パルアは穏やかな笑みをたたえ、ロゼットを従えて去っていった。

しかし、リーニャの胸には不安と焦燥が残されていた。

その日、ガルタン公爵夫人と別れてからもずっと、リーニャは悶々と悩んでいた。

夕食の時間、ジルが隣で「ナイショで魔法学校を見に行くとか、いらないことしなくていいってば！」と生意気なことを言っていても上の空。ぱくぱくと食を進めるジルとは対照的に、ぼんやりと空っぽの皿を見つめていた。

「あそこ全寮制だし、俺がいなくなったらこの店どーすんの？　ってか先生、俺のこと好きすぎて、一人じゃ生きていけないでしょ？」

いつものリーニャなら「好きすぎはあんたでしょ！」と強めの口調で言い返すところだが、今はジルのどや顔にすら気が付かない。

そのあまりの反応のなさにムッとしたのか、ジルはフォークにマカロニを刺し、そっとリーニャの口元に近付けた。

「はい、あ〜〜〜ん」

「ん……？」

無意識に口を開けてしまったリーニャは、突然意識の中にマカロニが現れて驚きの声を上げた。

マカロニに絡むミートソースが絶妙で、思わず「おいひ……」とほっこりとした感想が漏れ出てしまう。

「やっと食べてくれた。先生の好きなミートグラタン。張り切って作ったんだよ。なんか元気なさげだったから」

リーニャが我に返ると、ジルが目尻を下げて微笑んでいた。

彼なりにリーニャが思い悩んでいることを感じ取り、気を遣ってくれたらしい。

(あぁ、ダメだな、私。ジルに心配させたら意味ないじゃない)

「子どもがいっちょ前に気遣ってんじゃないわよ!」

リーニャはわっしゃわっしゃとジルの頭を撫で繰り回すと、愛情の詰まったミートグラタンをぺろりと平らげたのだった。


店の二階にある寝室には、一応ベッドが二つある。

初めは二人で一つのベッドで眠っていたのだが、ジルの体が大きくなってきたので新しいものを買い足したのだ。

しかし、ジルはなんだかんだ理由をつけて、リーニャのベッドで一緒に寝ることが多かった。

リーニャとしては特段添い寝が嫌なわけではないし、むしろジルで暖を取るくらいの気持ちだった。暖房設備のない家では、体温の高い子どもは有難い存在だった。

その夜も、ジルは「ブローチの留め金が壊れちゃった……!」と落ち込んだ顔をしながらリーニャのベッドに上がってきた。

「魔法で直せるかな?」

「やめときなさい。あんたの魔法は豪快すぎるから。週末、修理屋に持っていきましょ」

「え〜っ！　時間かかるじゃん！　修理に出すなんてヤダよ」

「そんなこと言ったって……」

むくれるジルに代わってブローチの裏側をじぃっと見つめるリーニャだったが、やはり自力で直せるとは思えなかった。下手に工具を持ち出したところで、おかしな仕上がりになることは目に見えていた。

「やっぱり餅は餅屋よ。修理屋行き！　決定！」

「えぇ〜……。だって、先生からの誕プレだよ？　これがないと、俺が先生に相応しい男になったか証明できないじゃん」

「誤解が激しいっ！　これが似合う高貴な男になれって言ったのよ！」

リーニャとジルが話しているのは、ジルの十二歳の誕生日のプレゼントについてだ。

ジルには過去の記憶がないので、本当の誕生日は分からない。そのためリーニャとジルが出会った日を彼の誕生日ということにして、毎年祝ってきた。

出会った歳を十歳として、十一歳の誕生日には魔導書（たった一日ですべて習得された）、十二歳にはブローチを贈り、十三歳の誕生日には、彼のリクエストに応えて、天井近くまで高さのある特大ケーキを作った。食べる前に二人でナイフを入れるのだと言って聞かないジルにも付き合ったリーニャだったが、まるでウエディングケーキのようだったと気が付いたのは、ケーキを完食した後だった。

楽しい思い出がたくさん詰まったジルの誕生日だが、特にブローチは、彼のお気に入りの品だった。

ジルの瞳の色と同じ、宝石のエメラルドのように煌めく石が中央にはめ込まれ、金細工で縁取られたそれは、本来リーニャが気軽に買うことのできるような代物ではなかった。「お誕生日貯金」と称し、リーニャがコツコツと一年間かけて貯めたお金をどどーんっと大奮発した成果物である。

当時、リーニャは高級なブローチに見合うような成長をジルに望む……といった言葉を彼に掛けたはずなのだが、なぜだか曲解されているらしい。

(ブローチを大事に思ってくれるのは嬉しいけど、私に相応しい男ってなんなのよ。まったく)

相変わらず、ジルのリーニャへの距離感はおかしなままだ。

(こういうの、シスコンっていうのかしら？　でも、姉ではないから師匠コン？)

リーニャはやれやれと大袈裟に肩を竦めながら、読んでいた本をぱたんっと閉じた。

「そうだ。週末、修理屋に寄るついでにピクニックしに行く？　アップルパイ焼いて持っていこっか」

「え!?　やった！　久しぶりじゃん！」

リーニャの提案に目を輝かせたジルは、はしゃいだ様子でじゃれついてきた。

リーニャの作る、りんごがごろごろと入ったアップルパイはジルの大好物だった。

調子に乗ったジルが「アップルパイに媚薬入れといていいよ」とふざけた発言をしてきたが、それはリーニャのデコピンと共に却下された。

「こら！　そんな言葉どこで覚えてくるんだか」

「先生の薬棚～！　あれって自分用？」

「あれは商品！　商品だから！」

真っ赤になって否定するリーニャを見て、ジルは楽しそうに喉を鳴らして笑った。人懐っこい彼の笑顔は、こんな場面でもドキッとさせてくるので困る。

一瞬つい見惚れてしまったリーニャの肩を捕まえたジルは、その隙に折れた右ツノにふんわりとしたキスを落とした。

今夜のジルの魔力は、なんだか優しく包み込んでくるような感覚がした。

「俺、先生に買ってもらえてよかった。先生、大好きだよ」

リーニャのツノをそっと指でなぞるジルは、出会った頃より少しだけ大人びて見える。甘え上手で、悪戯好きで、背伸びをして大人になりたがる愛弟子は、リーニャにとっても、最早掛け替えのない存在だった。

「ジル……、私も……」

リーニャはその先を口にできないまま、黙ってジルをぎゅっと抱きしめた。

ジルは珍しいリーニャからのスキンシップに驚いたようだったが、「えへへ……」と嬉しそうに身を預けてきた。

リーニャはこれまで、ベッドの上で二人で丸くなって眠る夜が、こんなにも愛おしく感じる日が来るとは思ってもみなかった。

ずっと一緒にいられると思っていた。

亜人の自分は寿命が長いので、ジルの成長をのんびりと見守っていこうと思っていたし、もっともっと二人で【キャンディハウス】を盛り上げていきたかった。

（でも、ジルには幸せになってほしい……。私との生活と違って、本当の家族——ガルタン公爵家でなら、それがきっと叶うはず……。恵まれた環境で学んで、私が知らない家族の愛を知って、たくさん愛されて、たくさん笑ってほしい……。いつか私みたいに孤独な誰かに愛を分けてあげてほしい……。私だってジルのこと、大好きだから……）

リーニャはジルを起こさないように、声を漏らさずに静かに涙を流した。

週末までにリーニャは細かい支度をたくさん済ませ、そして運命の日を迎えた。

町の修理屋にブローチの修理を前払いで頼み、その足で町はずれの自然公園に来たリーニャとジルは、ベンチに腰掛け、一面の花畑に見惚れながらピクニックをした。

薄桃色の小花が広がる花畑は景色も香りも素晴らしく、非日常感が格別だった。

つい、いつまでもジルとこの景色を眺めていたいと思ってしまうリーニャだったが、今日ばかりはそうはいかない。リーニャは、張り切って焼いたアップルパイを美味しそうに頬張るジルを黙って見つめながら、過ぎていく時間を心の中で数えていた。

「やっぱり、先生のアップルパイ大好きだ。出会った日にも焼いてくれたもんね！　俺、覚えてるよ！」

無垢な笑顔が眩しいジルを見て、リーニャは出会った日のことを思い出し、猫のように目を細めた。

過酷な奴隷生活を送っていたジルに「何か食べたいものはある？」と尋ねても、はっきりとした答えが返ってこなかった。だから、リーニャは問答無用で彼にアップルパイを食べさせたのだ。

あの時のジルは空腹も相まってか、丸々一台を一人でぺろりと平らげたのだが、それから事あるごとにアップルパイをせがまれるようになった。

ジルにとっては、おふくろの味ならぬ、師匠の味らしい。

「ふふふ。好きになってくれてよかった。いっぱい食べなさい」

「よかった。先生、楽しそうで。なんか最近元気なかったから」

笑っているリーニャに安心したらしく、ジルは頬を緩ませた。

「悩んでることがあったら言えよな。俺、もう子どもじゃないんだからさ」

真面目な顔でそう口にするジルを前に、リーニャの胸がズキンと痛む。

ジルは優しい子に育った。思いやりがあって、相手の気持ちにも気が付くことができる。

けれど、この痛みは隠さないといけないのだと、リーニャは胸の前で手を握りしめた。

「ありがと。生意気なお弟子さん」

リーニャは小さく笑うと、「せっかくだから薬草を摘んでくる」とジルに告げ、ベンチから立ち上がった。

「へぇ。ここってどんな薬草が採れるの？」

「後で見たらいいわよ。前に本で読んでるから、分かるはずよ」

何気ない会話を交わして、リーニャはジルを振り返った。

「……それじゃ、すぐに戻るから」


リーニャを手放しで信頼するジルは、彼女の嘘に気付くことができなかった。

あまりにも戻りが遅いリーニャを心配し、捜しに行こうかとジルがベンチを立とうとした時、そこに現れたのは淑やかそうな老年の婦人と目つきの鋭い亜人の騎士だった。

「……たしかに赤髪に翠眼の少年ですね」

亜人の騎士がこちらを見定めるような視線を向けてきたため、ジルは咄嗟に身構えた。

「こんにちは。あなたがジル君ね」

ジルの緊張を見抜いてか、婦人は亜人の騎士に意味深な目配せをした後、柔らかい微笑みを浮かべた。亜人の騎士の瞳は一瞬何か言いたげに揺らいだが、彼が口を開くことはなかった。

「ジル君。うちに……ガルタン公爵家に来てもらえるかしら」

「え……誰……？　先生は……？」

「先生……？　亜人のお嬢さんのことかしら」

「そうだよ。羊みたいなツノのある、可愛い人……」

ジルは動揺を隠せずに、震えながら後退った。

これ以上、何も聞いてはいけない。そう心が警告音を鳴らしている。

大好きなリーニャの異変には細かく気が付いていたのに、そんなわけないと自分に言い聞かせ、目をつぶってしまった。

だから――。

「彼女から、あなたに預かったものがあるの」

婦人に促され、亜人の騎士が懐から小さな花を取り出した時、ジルは思わず息を呑んだ。

「勿忘草《わすれなぐさ》……」

ジルは亜人の騎士から花を受け取ると、唇を噛み締めてそれをじっと見つめた。ぽたぽた落ちる涙が花を濡らした。

「あなたたち、俺のことを捜してたの？　先生は……何か言ってた……？」

「魔法の才能を伸ばしてほしいと……。魔法学校の話もしていたわね……」

ジルの胸の中で、悔しさと寂しさがせめぎ合う。

俺が学校に興味を示さなければ。

俺がリーニャの異変から目を逸らさなければ。

俺がリーニャの想いに気が付いていれば。

俺がもっともっと、リーニャに愛を伝えることができていたら――。

(リーニャは俺のためにたくさん悩んでくれたんだ。きっと……きっとそうなんだ……でも――)

「リーニャの馬鹿……人の幸せ、勝手に決めんな……!」

その日、リーニャ・ココリスは、彼女の嘘を見抜くことができなかったジルの前から姿を消した。

忘れないで、という小さなわがままを一つ残して。

第二章　魔法の店、再び

さらに時は流れ、七年後――。

一人の青年が、亜人奴隷のオークション会場を訪れていた。

およそ三十年前に亜人奴隷制度が解体されたことは、子どもの頃に恩師に教えられて覚えたことだ。

だが、この会場では法の存在などないに等しかった。違法である人身売買や奴隷の所有に手を出そうという客たちは皆、素顔を隠す仮面を着けている。様々な欲望が渦巻く会場内には異様に高ぶった空気が漂い、歓声や罵声が飛び交っていた。

しかし、青年は外套を目深に被ったまま、静かに舞台を見つめていた。

ガシャガシャ……と不快な金属音を立て、白髪に羊角を持つ亜人の少女が、眩しい舞台に引きずり出された。

手足には動きを制限する枷が、首にも華奢な彼女にはたいそう似つかわしくない厳つい首輪が付けられている。服は粗末なボロ布でできたワンピースのようなもので、強気な【羊角の魔女】は見る影もなかった。

舞台の前にいる客たちの欲にまみれた感情が、彼女に一気に集まるのが分かる。

「チッ。見てんじゃねーよ」

舌打ちをする青年の表情は見えないが、苛立っていることは確かだった。

奴隷オークションなので、「見てんじゃねーよ」は無理があるのだが、彼が舞台に立たされる亜人の少女に執着するには理由があった。

亜人の少女——リーニャ・ココリスは青年の大切な恩師だったのだ。

(やっと……やっと見つけた……！)

「メイドに性奴隷、バラすのもおすすめな健康個体！　さあさあ、コレのご主人様はどなたでしょうか!?」

奴隷商人が愉快そうに叫ぶと、「百万ゴールド！」、「三百万ゴールド！」、「一千万ゴールド！」と、次々と客たちの手が挙がった。

高まる会場の熱気が鬱陶しい。

違法な奴隷オークション——しかも亜人を目当てにした客にロクな人間がいるわけがない。

彼らが奴隷に与えるものは人権を無視した家畜のような、いや、それ以下の惨たらしい生活に違いなかった。

(胸糞わりぃ。そんな奴らに渡してたまるか……！)

「三億……！」

青年がスッと手を挙げると、会場中の客たちが突然の高額提示に息を呑んだ。

そのような金額をポイと出せる者など、このミッドガルド王国ではごくわずか。ましてや、亜人の奴隷にそこまでの金を出す物好きの正体など、誰も予想がつかなかった。

舞台上の司会者とリーニャでさえ、面を食らった表情を浮かべている。

青年はコツコツと階段を上り、舞台に立ち尽くすリーニャに近付いた。

「今度は俺が買う側になったな――」

「え……？」

きょとんと目を丸く見開くリーニャは、少し痩せているが、七年前と変わらずとても可愛かった。白い髪はふわふわだし、琥珀色の瞳はこぼれ落ちそうなくらい大きくて美しい。ちょっと太い眉はとびきり可愛いし、折れたツノも折れていないツノももちろん可愛い。

(会いたかった……俺の可愛い先生……！)

「愛してる。リーニャ先生」

青年は外套を取り去ると、そのままの勢いでリーニャを強引に抱き寄せた。

赤色の長い三つ編みが揺れ、エメラルドのような双眼が輝く。

唇と唇が触れてしまうのではないかという距離に慌てたリーニャの頬は、カァッと赤く染まっている。その姿が余計に青年の胸をきゅんきゅんと締め付け、心を軽やかに弾ませた。

「俺のこと、分かる？」

「もしかして……ジル……？」

「そうだよ！　さっすが先生！」

青年――ジルは多幸感溢れる表情で頷くと、ひょいっとリーニャを持ち上げてお姫様抱っこした。「きゃっ」とこぼれたリーニャの短い悲鳴が可愛い。これが「耳が幸せ」というやつかと、ジルは勝手に納得した。

「俺、三百ゴールドだったから、先生は百万倍の値段だな。足りないくらいだけど」

情報の整理が追いつかず、戸惑うばかりのリーニャの顔を堪能しつつ、ジルは懐からスッと一枚の小切手を取り出した。そしてそれをオークションの司会の男に向かって突き出す。

「ガルタン公爵家から、きっちり三億ゴールド。先生を捕まえてくれた礼だ」

「な、なんだとっ⁉　赤髪の三つ編み……ってことは、あんたまさか魔導公爵ジークルビア・ガルタンか⁉」

司会の男は、ギョッと目を剥いて飛び上がった。会場全体も大いにざわつき、あちらこちらから仰天する声が飛び交っていた。

「俺ってば有名人♪」

ジルは口の端を上げながら魔法で杖を召喚すると、片腕でリーニャを抱き上げたまま、その杖を大きく振った。

すると、オークションの舞台上に金色に輝く魔法陣が出現し、煌々《こうこう》とジルとリーニャを照らした。ミッドガルド王国では扱える者がほとんどいないという、転移魔法の魔法陣だ。

「違法オークションを見逃すのは今回限りだ。次はないからな」

「えっ！　見逃しちゃうの？　奴隷を買ったまま放置って、ジルの立場は大丈夫なの⁉」

心配そうな声を上げたのは腕の中のリーニャだった。

こんな時にまで俺の心配をしてくれるなんて、相変わらずリーニャは優しいなぁと、ジルは思わず顔をほころばせた。

だが当然、心配は無用だった。

「俺、けっこう権力あってさー。悪い噂くらいなら、簡単に消せるんだよね」

ジルは緩んだ頬を引き締めると、オークションの司会者や会場にいる客たち全員を脅すように睨みつけ、そして転移魔法で姿を消した。

転移先はオークション会場からほど近い路地裏で、待機させていた亜人の騎士——ロゼットがすぐに駆け寄ってきた。

「ジル様！」

「ロゼット！　先生、見つけたぜ！」

ジルは声を弾ませてロゼットを呼び寄せるが、お姫様抱っこしたままのリーニャの様子がなんだかおかしいことに気が付いた。

「ジ……ル……」

体が熱く、顔も赤い。ジルを見上げる瞳はうるうると涙が滲んでいる——かと思いきや、彼女の瞼は急に重たそうに閉じられたのだった。

「先生ッ⁉」

ジルは一瞬、血の気が引く思いがしたが、リーニャのすぅすぅという小さな寝息が聞こえると、安堵でほっと胸を撫で下ろした。どうやらリーニャは、安心して眠ってしまったらしい。

「念のため、屋敷に医者の手配を頼む。だいぶ痩せてるし、何があったんだよ……まったく……。早く話したいのに……っ」

「この日を七年心待ちにしておられたのでしょう？　あと一日や二日待つくらい、訳ないでしょう」

「え？　嫌だけど？　もう俺、先生不足で耐えきれないんだけど？」

眠るリーニャをじれじれとした表情で見つめるジルを見て、ロゼットは呆れたため息を吐き出したのだった。

「う……ん……」

柔らかくて温かいベッドの感触に驚きながら、リーニャは重たい瞼をゆっくりと持ち上げた。

なんだっけ、いったい何があったんだっけとぼんやりと霞む記憶を振り返る。

すると、すぐそばに人の気配を感じたので、そちらに体を向けると――。

「せんせ、おはよ♡」

「！！！！！？？？？？？」

リーニャが声にならない叫びを上げた理由は、とんでもないイケメン青年が隣で添い寝をしていたからだ。

「ひゃぁぁぁっ！　だれぇぇぇっ⁉」

「ちょちょちょちょ、俺だってば――っ‼　ジル‼　恋人のジル‼」

「恋人のジルなんて知りませんっ！」

半泣きで逃げ出そうとするリーニャを青年は素早く腕で捕まえると、「もう逃がさないぜ」と抱きしめてしまった。

力が強い、ますますジルじゃない！　と、リーニャは必死に暴れたが、圧倒的な体格差はどうにもできない。

「弟子のジルは小さくて可愛くって、国宝級の美少年なんだから――っ！」

リーニャが大声を上げると、青年は急に嬉しそうなニヤニヤ笑いを浮かべた。

「へ～。せんせ、俺のことそんなふうに思ってくれてたんだ～」

「え」

「かっこよくなりすぎてて分かんない？　亜人と違うんだから、七年あればこれくらいにもなるってば」

青年はリーニャをグイとさらに近くに抱き寄せると、折れた右ツノにちゅ～～～っ！　と長めのキスをした。

「ひゃっ！」

突然のことにリーニャは仰天するも、キスされた場所から注がれた懐かしくてとろけるような感覚に「うわぁぁぁ」と間の抜けた声を漏らしてしまった。

（この感じ、忘れるわけない……！）

「ジル〜〜〜ッ！」

寝ぼけていたリーニャの記憶がようやく蘇ったのは、その瞬間だった。

「へへっ。先生、可愛い♡　昔もキスするたんびに照れてたもんな」

「うぅ……バカにして……っ。でもそっか……、私、奴隷オークションでジルに買われたんだった……」

「そーそー。羊角族の亜人が出品されるって聞いて、潜り込んでたんだ。俺より羽振りがいい客がいなくてよかったよー」

猫のように目を細めて笑うジルは、ようやくリーニャを解放し、ベッドに腰掛けることを許してくれた。

リーニャはそんな彼を改めて見つめると、ポロリとこぼれる涙を抑えることができなかった。

ジルはすっかり背が伸び、体も逞《たくま》しくなっている。顔つきも凛々しいし、声も低くなっていた。

（あんなに頼りなくて、小さかったのに……。でも、笑顔は変わらない……）

かつて自ら手放した家族同然の弟子と、こうして再会できたこと。彼が立派な大人になっていたこと。変わらぬ温かい笑みを向けてくれたこと――。

そんな贅沢すぎる奇跡が自分の身に起こっていいのだろうかと、リーニャはまるで夢でも見ているような気がしてならなかった。

しかし、七年前に自分が彼にしたことを思うと、不安にならずにはいられなかった。もし自分がジルの立場であれば、リーニャに対して抱くものは単純な思慕の情だけではなかっただろう。

（だから、こっそり様子を見に行くことすらできなくて……）

「ジル、あの時はごめんなさい……。私、黙っていなくなっちゃって……」

リーニャは、おずおずと尋ねた。

ジルが納得するわけがないと思い、騙し討ちのような形で家族と引き合わせ、自分は行方をくらませたのだ。幼いジルからしたら、裏切りそのものだっただろう。

しかし、目の前のジルは長い三つ編みの先を手で持ち上げながら、穏やかな口調で答えた。

「まぁ、当時はそれなりに荒れたけどさ。先生が百パー俺のためにやってくれたってコトくらい、分かるじゃん？　だったらいつまでも落ち込んでないで、コレが似合う男になって、先生を迎えに行こうかなって」

ジルが「コレ」と呼んで愛おしげな眼差しを向けていたものは、美しいグリーンの石がはめ込まれている髪飾りだった。

（あ……もしかして……ブローチを……？）

見覚えのあるそれは、かつてリーニャがジルの誕生日に贈ったブローチの石に間違いなかっした。リーニャは七年経った今でも彼が身に着けてくれていたことに驚き、じんわりと胸を熱くた。

「まだ持ってくれてたのね……」

「当然。俺、先生に相応しい男になれたかな？」

「それが似合う高貴な男になれって言ったのよ！」

「俺、魔導公爵って呼ばれてんだけど？」

「うっ。異次元の肩書……」

ジルに何も言い返すことができず、リーニャはおろおろと狼狽えてしまった。

（そうだった……。ジルを帰した家は、ガルタン公爵家……！　ミッドガルド王国でもトップクラスの名門貴族！　高貴すぎる！）

これまで動揺しっぱなしだったために意識が及んでいなかったのだが、ジルの身に着けている白地のロングコートに中身のベスト、ブーツといった衣装は一目見ただけで高級品と判るし、揺れる三つ編みからは嗅いだことのない上品な香油の香りが漂っている。

もちろん、ジルだけではない。

リーニャが今いる部屋は、おそらくガルタン公爵家の客間だろう。ベッドは寝心地も寝具の質も最高だし、周囲に置かれている家具や装飾品も輝きが違う——気がする。

上流階級と無縁の生活を送ってきたリーニャは、「上等な雰囲気」だけをただ漠然と感じ取り、その空気にひたすら圧倒されていたのだった。

（私、寝ながらよだれとか垂らしてない？　大丈夫？　ほんとに大丈夫？）

豪華な部屋にいるだけで落ち着かないリーニャだったが、ジルの居住まいは堂々としたものだった。リーニャは「もしかして」と口を開いた。

「ジル、昔のことを思い出したの？　ガルタン公爵家の跡取りの記憶が戻ったから、セレブの貫禄が……？」

「いいや、まったく。ただ、貴族の生活に慣れたってだけ。過去の記憶より、俺には先生と暮らした三年間の思い出の方が大事だったし」

ジルはにこりと微笑む。

彼が過去の記憶に執着しないことも相変わらずらしい。

リーニャが「私もよ」と言おうか言うまいか迷っているうちに、ジルは「――で、先生はなんで売られちゃってたわけ？」と話題を大きく切り替えた。

ギクリとリーニャの表情が固まってしまったのは、彼女の七年間が波乱万丈な転落人生だったからだ。

「う……えーと、七年前、憂いを帯びた感じでジルにお別れして、居所がバレないように別の町に引っ越した後は、生活があまりにも苦しくてデスネ……。野草を主食にしたり、川でザリガニを釣ってみたりしたけど、肝心の仕事がないから家賃が払えなくなって……。覚えてる？あんたを売ってた闇商人のヒュード。あいつが元締めの組織にうっかり借金しちゃって、まんまと嵌められて……気付いたら人生を売ることになってました……」

「うわ……マジでヤバい奴じゃん。買ったのが俺でよかったぁ……。てか、もっと早く迎えに行けばよかったよな。ごめん、先生……」

「うぅん……。助けてくれて本当にありがとう……」

栄養はあるがたまらなく苦い野草の味や、餌なしで挑んだザリガニ釣り、そして今後一生会う予定のなかったヒュードに奴隷に堕とされてしまった日のことを思い出すと、リーニャはとても真顔では語ることができなかった。

ましてや、語る相手は弟子のジルだ。師匠の面目は丸潰れ。情けないにも程がある。

かなりダイジェスト&マイルドにまとめて話したが、それでもリーニャの顔は真っ赤になって戻る気配がない。ジルの顔だって引き攣っていた。

「故郷でどん底を味わってたつもりだったのに、まさかこっちで奴隷堕ちするなんて……。私、どうお礼をしたらいいか……」

もちろん、リーニャは一文無し。唯一誇れる魔法の知識のほとんどはジルに継承済みなので、返せるものが本当に何もないのだ。

そんなリーニャが、肩を落としたままジルに視線を向けると。

「あ、大丈夫。それはもう考えてあるから」

「え？」

憂いをサラリと吹き飛ばすような明るい笑顔満開のジルは、リーニャを軽々と肩に担いでしまった。

「着替えて皆のとこ、行こうぜ！」

まるで山賊のような担ぎ方をされ、リーニャはジタバタと暴れた。

「ちょ……ちょっと降ろして！　降ろしなさいってば〜〜〜っ!!」

「ヤダよーっと」

全力の抵抗をもろともしないジルは、すっかり大人になってしまったのだと実感したリーニャだった。


「はァア……、先生可愛い……。めっちゃ似合うじゃん……」

着替えを終え、屋敷の居間に連れてこられたリーニャは、ソファの正面に腰掛けるジルの熱視線を全身に浴びせられていた。久々の熱視線浴だ。

だが、ジルが少年だった頃の熱視線よりも威力が一段と増しており、リーニャは見られれば見られるほど恥ずかしく、頬は薔薇色を通り越して茹で蛸《だこ》のように真っ赤になっていた。

「もうやめてぇ……。なんなのよ、このゴテゴテのドレスは！」

桃色の布地にたくさんのレースやフリルといった可愛いらしい装飾があしらわれたドレス、そしてトドメは両ツノをプリティに飾る大きなリボン――。

おそらく上質な素材で作られているに違いないのだが、ドレスなど着たことがないうえに、乙女趣味を持たないリーニャにとっては苦行の装束でしかなかった。

「えー？　すごく可愛いって。ばあちゃんの趣味だから、ちょっと派手だけど。先生なんでも似合っちゃうから！」

ジルの顔は、表情筋が溶けたのかと心配になるほどゆるゆるになっていた。でれでれとも言う。

リーニャが「似合わないわよ。私、こんなお嬢様みたいな服なんて……」と、羞恥心でぷるぷると震えていると――。

静かに居間のドアが開き、噂の「ばあちゃん」の声がした。

「久しぶりね、亜人のお嬢さん……いいえ、リーニャさん」

見覚えのある上品な婦人が亜人の騎士を伴って現れ、リーニャの顔を見るなり瞳を明るく輝かせた。

ジルの祖母パルア・ガルタンと、獣亜人の騎士ロゼットだ。

あれから七年が経ち、パルアには多少皺が増えたようにも感じるが、変わらない淑やかな美しさは健在だった。

「あ……あの時はありがとうございました。ジルを公爵家に迎え入れてくださって……」

「お礼を言うのはこっちよ。ジルに会わせてくれてありがとう」

パルアは身を竦めていたリーニャの手を包み込むように握ると、若干目を潤ませて微笑んだ。

当時彼女が捜していたのは孫のジルだったが、行方不明だったのは息子夫婦も同じだったはずだ。今ここに息子夫婦がいないということは、どれほど捜しても見つからなかったのか。あるいは――と、リーニャはパルアに尋ねたい気持ちを抑えて言葉を呑み込んだ。

「リーニャさん、七年間大変だったんじゃない？　元気にしていたの？」

「は……はい、なんとか……」

「奴隷堕ちしていたというのに、よく言う」

誤魔化そうとしていたリーニャに言い逃れできない事実を突きつけてきたのは、ロゼットだ。

リーニャはぐうの音も出ない。

「苦労しただろう。この国は亜人にとってはまだまだ生きづらい。俺も先代公爵に拾われる前は、地獄を見たからな」

「先代って、ジルのおじい様のこと……？　素敵な方だったのね……」

リーニャは眉を下げ、しんみりとした声で言った。

ジルの祖父は病床に臥し、最期に行方不明の孫に会いたいと望んでいた人だ。亜人のロゼットを救うくらいなのだから、きっと種族の差など気にしない、おおらかで優しい公爵だったのだろう。

リーニャは一人、そんな想像をしていたのだが、なぜかジルたちがきょとんと首を傾げていた。居間に奇妙な空気が漂い、謎の沈黙が流れた。

「お嬢さん。ワシは現在進行形で『素敵』じゃが？」

そんな沈黙を破ったのは、初めて耳にする老人の声だった。

リーニャがギョッとして振り返ると、そこには立派な口ひげを蓄えた、白髪の老紳士の姿があった。お茶目な笑顔を浮かべているが、スマートで背筋がシャンと伸びており、ただならぬ猛者のような空気を纏っていた。

「ま、まさかモンドールさん!?」

リーニャが素っ頓狂な声を上げた理由は、老紳士が歴戦の騎士として名を馳せた先代ガルタン公爵——モンドール以外あり得ないと思ったからだ。軽快な口調ではあるものの、そう確信させる風格が彼にはあった。

「ふぉっふぉっふぉっ。本人じゃよ～」

いつの間にか部屋に入ってきていたモンドールは、愉快そうに歩いて近付いてきた。

「じいちゃん、気配消すのやめろって～。ビックリすんだろ」

「ふん。気付かぬお前が未熟なだけじゃ」

ジルに不服そうな目線を向けられるも、モンドールはどこ吹く風といった様子だった。

無論、予想外の邂逅に驚いているリーニャのことも気にしていない。「あの……ご病気は……？」と、動揺を隠せないリーニャの言葉を聞いて、ようやくモンドールはリーニャの動揺に気が付いたらしかった。

「うむ！　劇的に回復したのじゃよ！」

「主人ね、ジルが来てから、この子を立派な跡取りに育てないといけないからって、元気になったの。気合で」

「そうじゃ、気合じゃ！」

（まさかの根性論……！）

モンドールとパルアの絶妙な掛け合いに、リーニャは目を丸くせざるを得なかった。孫の力、恐るべしだ。

「すごいおじい様ね、ジル」

「かなりな。爵位こそ俺に譲ったけど、槍の腕前なんて現役の騎士団長より上じゃねぇかな。ま、普段は厳しいけど、甘いお菓子で懐柔できるから。先生も覚えとくといいよ」

さらりとマル秘情報を開示したジルのおかげで、パルアの目がキラリと光り、モンドールがびくりと震え上がった。

「これ！　ジル！　ワシはお菓子なんぞ食べとらんわ！　ちゃーんとばあさんの言う通り、健康を気遣ってじゃなぁっ！」

歴戦の騎士は、妻によって厳しく体調を管理されているらしい。急にあせあせと言い繕うモンドールは、どうやら夫婦間ではパルアの尻に敷かれているようだった。

いつもの光景なのか、ジルは悪戯っぽく笑い、ロゼットはやれやれと肩を竦めていた。

円満な家庭など知らないリーニャの目には、ガルタン公爵家の人々が眩しく映り、思わず
「いいなぁ……」と本音が口から漏れ出ていた。

「先生もきっと毎日飽きないと思うよ。面白いだろ、俺ん家」

「ええ、とっても……って、え？　毎日飽きないってどういう――……」

ジルの言葉に引っ掛かりを覚えたリーニャは、小首を傾げながら彼の方に体を向けた。

すると、ジルはリーニャの手を流れるような仕草で取って――。

「そ！　毎日！　先生は俺のお嫁さんだから」

手の甲に優しく落とされた小さな口づけは、まるで王子様が姫君に贈るキスのようだった。

しかし、当のリーニャは真っ赤になってぷるぷると震えていた。

「おっおよおよおよお嫁さん!?」

「うん！　そのつもりで先生のこと買ったんだけど？」

「そ、そんなの認めないわよ！」

「じゃあ、助けたお礼ってことで」

「絶対ダメ！　だいたい亜人と人間は法律で結婚できないことになってるんだから！」

「法律はいつか変わるかもしれないだろ？」

ジルにとっては、頑なに「お嫁さん」を拒むリーニャの態度は想定内だったのか、彼は愉快そうにクスクスと笑っていた。だからといって、まるっきり冗談を言っている様子でもない。

その証拠に、パルアたちもジルを猛プッシュしていた。

「リーニャさん！　うちの孫は優良物件よ！　イケメンでしょ！」

「うむ。ワシらは種族の壁など気にせん。安心して嫁に来とくれ」

「祝宴の準備は任せろ」

夫妻だけでなく、ロゼットまでさも当然と言わんばかりに頷いている。

待て待て待て、とリーニャは大いに慌てた。

「私は弟子の嫁なんかにならないんだから！　ちょっと、皆落ち着いて――」

ガルタン公爵家の人々があまりにぐいぐいくるので、リーニャはおろおろと後退った。

だが、慣れないヒールのせいで、足元がぐらりと揺れた。

「きゃっ」

「おっと！」

後ろ向きに倒れそうになったリーニャを腕で咄嗟に支えてくれたジルは、にっこりと清々しい笑顔を浮かべていた。

リーニャは色々な意味でドキドキが収まらず、頬だけでなく耳や首まで真っ赤になっているのだが、彼の笑顔がますますそれを加速させていた。

「心配しなくても、俺のこと好きになるよ。だって俺、リーニャのこと大好きだから♡」

いったいどんな理屈だ。

「よ……呼び捨てにするなぁッ！」

言いたいことは山ほどあったが、それが今のリーニャが言い返せる精いっぱいの言葉だった。

拝啓　過去の私様
たまたま拾った生意気で可愛い弟子は、激甘魔導公爵に成長して、ぐいぐい迫ってきます……。
育て方には十分にお気をつけください。
敬具

「ふぎゃあぁぁぁぁあぁぁ…………ッ！」

ガルタン公爵家に断末魔のような悲鳴が響き渡った。

「先生！　どうした!?」

それがリーニャの悲鳴だとすぐに分かったジルが大慌てで部屋に駆けつけると、女性二人の死闘が繰り広げられていた。ちなみに挑んでいるのはリーニャとパルア。敵はリーニャのウエストだ。

「ジ……ルぅぅ……。コルセット……ぐるじぃ……」

「まだまだよ、リーニャさん！　未来の公爵夫人がこのくらいで音を上げていちゃダメ！」

やる気満々のパルアが、全力でリーニャのコルセットを締め上げているところだった。

リーニャは涙目でジルに助けを求めていたが、パルアは「目指せ！　完璧な淑女！」を掲げ、メラメラと闘志を燃やしていた。

「ちょっ、ばあちゃん！　先生の中身が出ちまう！」

ジルが血相を変えて二人に駆け寄るが、リーニャは真っ白の顔で「うっっぷ」と気持ち悪そうに口元を押さえていた。

その後、どうなったかは割愛するとして――。

リーニャがジルに買われてから一週間ほどが経っていた。

美味しい食事と温かい寝床のある生活のおかげでリーニャはすっかり健康を取り戻すことが

できたのだが、代わりにあるミッションが果せられていた。

『リーニャ・ココリス、花嫁化計画』

なんと恐ろしい響きだろう。

屋敷でたっぷり療養させてもらったリーニャが断ることができないのをいいことに、その計画は着々と進められていた。つまり、本気度の高い花嫁修業が始まっていたのだ。

慣れないドレスにヒールの靴。歴史や政治の勉強、マナーレッスンに料理の練習、まさかの剣術の特訓など、多岐にわたるハードスケジュールをこなしながら、リーニャは目まぐるしい日々を送っていた。

というわけで、やっとジルと二人っきりのティータイムなのだが、リーニャはたいそうぐったりとした様子でテーブルに突っ伏していた。

「疲れた……おかしい……。私の知ってる貴族の婦人は、二刀流なんてマスターしてない……。貴族の知り合い、いないけど……」

「まぁまぁ。疲れた時こそお茶しよう。この茶葉、先生のために取り寄せたやつなんだ！　あっ、このクッキーなんて、先生が作ったみたいに美味しいよ！」

優雅に紅茶を飲んでいたジルは、リーニャのためにクッキーが盛られた皿を差し出してくれた。

しかし、それはリーニャが花嫁修業の一環で作らされたクッキーであり、味はもちろん分かっている代物だった。ジルは「どうりで好きな味だと思った」とケラケラと笑うと、子どもの頃と同じように無邪気な顔でクッキーを頬張った。

彼のそんな姿が、リーニャの癒やしになっていることは間違いなかった。

恥ずかしくて口には出さないが、ジルの成長と、変わらない部分の両方が、リーニャにとっては未だに夢のように尊い存在だった。

(弟子が立派になって元気にやってたら、そりゃ嬉しいわよ……っ)

ジル――ジークルビア・ガルタン公爵は、【魔導公爵】の異名を持つ天才魔導師だ。

七年前、公爵家に来てから、ジルは魔法の才能をさらに開花させたらしい。

王都の魔法学校に編入した後は、数々の歴史的記録を打ち出し、首席で卒業。その後、王子から直々に宮廷魔導師にならないかと誘いを受けるも、領地経営に専念するために断ったそうだ。

けれど、その本当の理由は行方不明のリーニャを捜すため。ジルは爵位を継ぐと、すぐにリーニャの本格的な捜索に乗り出したという。

「またこうやって先生とお茶できるなんてな～……。俺、今が人生のピークかも」

ジルは心底幸せそうに頬を緩め、優雅に紅茶の香りを楽しんでいる。

きっと想像もつかない苦労を重ね、ようやくリーニャに辿り着いたに違いないというのに、それを表に出す様子は微塵もない。

「ピークだなんて大袈裟ね。人間とはいえ、人生は長いのよ」

「たしかに！　まだ先生のウエディングドレスも見てないもんな！」

「嫁にはなりません」

ジルの浮かれた発言をスパンと切り捨てたリーニャは、一息つくとティーカップを両手で包み込むようにして持ちながら、本題を切り出すことにした。

「ジルのことは好きだし、また会えて嬉しい。けど、それとこれとは別。私は魔法の師匠だもの。お嫁さんにはなれないわ。……でも、もし甘えていいのなら、少しの間だけ、使用人として雇ってもらえないかしら？　お金が貯まったらここを出ていくから、それまで住み込みで……。ダメ……？」

話の途中でしゅんとトーンダウンしていたジルに向けた、トドメの上目遣い。

リーニャ本人は無意識なのだが、ジルには効果てきめんだったらしい。

「うっ！」

ジルは照れたように頬を染め、「その顔ずるいんですけど……」と顔を隠すようにして背けた。

そして、そのまま話を続けた。

「いや……うん、それで……？　金が貯まったらどうするつもり？　デモニアに帰るとか言わないでくれよ」

「故郷には帰らない。あそこに私の居場所はないから……。だから懲りずにまた、この国でお店を出すつもりよ。開店できた時には贔屓にしてちょうだいね、公爵様！　なーんて……」

「…………」

「ジル？」

「店って……【キャンディハウス】？　先生一人で？」

「ええ。だって公爵様は忙しいでしょ。ちょっとくらい気に掛けてくれたら嬉しいけど」

リーニャがシリアスな話題を和らげる砕けた笑顔を付け加えるも、ジルは不満そうに「んだよ、それ……」と、眉根を寄せていた。テーブルの一点を睨みつけ、何かを考え込んでいるように見える。

「……分かったよ。んじゃ、俺は先生の仕事着でも注文してこよっかな」

「あの、ジル……？」

リーニャが声を掛けても、ジルはぷいと背を向け、そそくさと立ち去ってしまった。

（なんか怒ってる⁉）


（――かと思ったけど……）

「こ、これが仕事着……？」

ジルが丸一日よそよそしかったと思いきや、彼がリーニャに持ってきた仕事着はこだわり抜かれた一品に仕上がっていて驚かされた。

てっきり掃除や草むしりがしやすい作業着のような服を渡されると思っていたのに、蓋を開けてみれば、出てきたのは可愛らしいフリルがあしらわれたクラシカルなメイド服だった。

こんなに長いスカートも不要だし、フリルだって存在理由がない。もちろん、頭を可愛く飾っているヘッドドレスもそうだ。

「うおおおおぉぉぉぉッ！　先生、可愛すぎぃぃぃぃぃっ!!」

さっそくメイド服を着せられたリーニャは恥ずかしくてたまらないのだが、その周りを興奮した様子でぐるぐると回っているジルの圧がすごい。舞台女優や歌姫のおっかけファンさながらのハイテンションだ。

「可愛さなんて仕事着に求めるんじゃないわよ……っ」

「いや、いるでしょ。正直先生を雇うのは抵抗あったけど、これはもう制服着てるだけで給料出せるし。即昇給だし、明日には賞与だな！」

「ジル！　デザイナーへの賞与も忘れるでないぞ！」

モンドールまではしゃいでいる。

祖父孫揃って似た趣味なのは仲がよくて非常によろしいが、辱められるリーニャはたまったものではない。

「庭の掃除してきます――っ！」

と、リーニャは逃げるように部屋を飛び出したのだった。


掃除は好きではないが、子どもの頃からよくやらされていたので得意な方だった。

リーニャはてきぱきと屋敷の庭の掃き掃除を進めながら、次こそ【キャンディハウス】を成功させてみせるのだとメラメラと闘志を燃やしていた。

「ジルの期待に沿えなくて申し訳ないけど、目指すは玉の輿よりもお店の繁盛！　やってやるわよ――ッ！」

一人で拳を天に掲げて意気込んでいると、突然庭の植え込みがガサッと音を立てた。

「また一人で店を出して、上手くいく保証はあるのか？」

「ひゃっ！　ビックリさせないでよ、ロゼット！」

驚きだけでなく、独り言を聞かれた恥ずかしさも相まって、リーニャは顔を赤くして振り返った。

狼族の亜人であるロゼットの金色の瞳は、まさしく肉食獣のよう。普通に目が合っただけでも睨まれたような気がしてしまい、リーニャは草食動物気分で臆病に目を逸らした。

「そんな言い方しなくてもいいじゃない。この国のテオドール王は、亜人親和派よ。最近は出稼ぎの亜人の受け入れも増えてるし、人間の魔法への理解も深まってきてるもの。私にだって成り上がりのチャンスはあるわ」

「だが、お前は『角折れ』だ。それではまともな魔法は使えないだろう？　他の亜人と同じようにはいかないはずだ」

ロゼットの言葉は辛辣だったが、大方間違いではなかった。

ミッドガルド王国が歓迎している亜人というのは、魔法を使うことができる亜人のことだ。

それが自国にとっての利益になるからこそ、亜人を積極的に受け入れてくれている。

だから、リーニャはその亜人に含まれていない。

「まともな魔法どころか、どんな魔法もまったく使えないわよ。でも七年前、ジルが言ってくれたの。『【キャンディハウス】の魔法は最強だ』って」

リーニャは、いつかの日にジルがプレゼントしてくれた言葉を心の支えにしていた。それは、リーニャが嬉しくてたまらなかった言葉だった。

「ジルは立派な公爵様になったんだから、先生の私が諦めるわけにはいかないでしょ？　魔法の店で成功することは私の夢。たとえ何度失敗したって、魔法が使えなくたって……、一人でだって、いつか絶対【キャンディハウス】で成り上がってやるんだから……！」

「だが、ジル様は――」

「あっ！　いたいたーっ！」

ロゼットの言葉を遮って、元気に登場したのはジルだった。

「先生、買い物付き合ってよ！　ロゼットも荷物持ち頼む！」

ぱっと華やかな笑顔を咲かせるジルに釣られて、リーニャも「町に行くの？　わーい！　行く行く！」と明るく返事をした。

真剣な空気はどこへやら。

ロゼットはやれやれと肩を竦めながら、キャッキャと楽しそうに会話をしているジルとリーニャを見つめていたのだった。

ガルタン領は王都の隣に位置しており、有事の際は盾、あるいは矛として王家を守る役割を任されている。モンドールが鍛えた騎士団や、ジル一人の圧倒的な魔導力は決して期待を裏切らない働きを見せているのだが、ガルタン領が優れているのはそれだけではない。

王都に継ぐ豊かさと美しさに、リーニャは思わず目を見張ってしまった。

その豊かで美しい町で暮らしているのは人間だけではなく、亜人の数も非常に多いのだ。町を歩けば至る所に老若男女の亜人を見かける。

ジルによると、彼が爵位を継いでから、亜人を魔法技術者として受け入れる施策を本格的に実行し、科学と魔法を融合させた学問――魔科学の研究に力を入れてきたらしい。

「魔科学でかなりインフラ整備はできたんだけどさ、魔法でしかできないことってあるじゃん？　今は魔法具って言ったら、魔剣とか魔杖ばっかかだけど、容量無限の鞄とか、空飛ぶ靴とかあったら便利だろ？　何よりロマンがある。まー、目先の課題は魔科学と魔法の調和だな。次はガルタン領にも魔法学校を創って、留学生と教師を誘致したいなって。俺みたいに魔法が使える人間もたまにいるしさ。学校で亜人と交流を深めるのもよくない？　あ、平民でも入れるように特待制度や奨学金制度も整えるよ」

「すごい……ジルが領主様してる」

つらつらと流れるように話してくれたジルにリーニャは驚きを隠せない。

しかし、ジル本人はあっけらかんとしていた。

「俺のこと亜人贔屓の変わり者だって、嫌ってくる頭の固い貴族も多いけど、領民からは慕われてる方だと思うよ。俺はそれで十分」

買い物のために町にやって来たリーニャだったが、悠々と歩くジルがなんだかとても眩しく見えた。

これが可愛かった弟子のジルだなんて――と、感心していると。

「きゃ～っ！　ジークルビア様よ！」

「公爵様、お買い物はぜひウチに～！」

「いいえ！　うちを覗いていってください！」

ジルの存在に気が付いた領民たちの黄色い歓声が、町中のあちこちから飛んできた。

割合で言うと女性が多めだろうか。ジルの一段と整った容姿であれば、納得がいく。

そして噂が噂を呼んで、あっという間にジルを中心とした人だかりができてしまった。

（うわぁっ！　すっごい人気じゃない！　師匠としては嬉しい限り……だけど……）

ジルを囲む領民たちのパワーに圧倒されながらも、リーニャの耳にはできれば聞きたくない声がちらほらと入ってきていた。

「あの女の子、誰？　ジークルビア様と親しげね」

「亜人のメイドだろ。公爵様は亜人にもお優しいから」

人間たちの冷たい視線が刺さる。

「でも、あれって『角折れ』でしょ？　役に立たないんじゃない？」

「ジークルビア様に相応しくないわ」

亜人たちが怪訝そうに眉をひそめる。

じくじくと傷をえぐる言葉からは逃げられない。

自分では理解していることでも、見ず知らずの他人から指摘されるといっそうつらいものがある。

ひそひそと小さな声で交わされる心ない会話にリーニャは無意識に体を縮こめ、黙って俯く。

偉くなったジルの隣にいるからといって、リーニャ自身の何かが変わるわけではない。

どこか浮ついた気持ちでいたせいで、折れたツノを隠すための帽子も被らずに出てきてしまった。リーニャが『角折れ』の『できそこない』の亜人であることは揺るぎない事実だというのに。

(う……。息苦しい……居心地が悪い……今すぐ逃げ出したい……。このツノのせいで、私はデモニアにもミッドガルドにも居場所がないんだ……)

白い顔で唇を噛むリーニャをジルは心配そうに見つめていた。

彼の視線にさえ気が付く余裕のないリーニャは、存在をできる限り薄めようと息を殺していたのだが。

「せーんせ♡」

「ふえっ!?」

不意に腰を抱き寄せられ、折れた右ツノにちゅっと可愛らしいキスをされたリーニャは、ひっくり返った声を上げてしまった。

もちろん、キスをしてきたのはジルである。

それを目撃した領民たちは大いにざわついたり、顔を赤くして息を呑んだり——。町中に歓声と悲鳴の入り交じる、軽い事件の勃発といった状況だった。

「ジ、ジル！　何するのよ！」

一番慌てたリーニャはジルの腕から逃れようとして必死にもがくが、成人男性のパワーにはどう頑張っても敵わない。

ジルはリーニャのツノに追加でちゅっちゅとキスを贈ると、満足そうに目を細めている。

「もう魔力のコントロールはできんだけどさ、やっぱシたいじゃん」

「な、何言って……っ」

「俺は先生のツノ、可愛いと思うけど……。隠れてた方が落ち着くのかな？」

ジルは最後に名残惜しそうなキスをすると、パチンッと指を鳴らした。

すると、どこからともなく大きな三角帽子がポンッと出現し、リーニャの頭にふんわりと被さった。

「俺からのプレゼント」

ニカッと気持ちのよい笑顔を浮かべるジルの心遣いが、萎縮していたリーニャにじんわりと染みた。

昔から、ジルはふざけた態度を取ることが多かったが、その実よく相手を見ている子だった。

今でもその長所は変わっていないことが嬉しくて、リーニャの胸の奥はトクトクと温かくなった。

「ありがと……ジル……」

リーニャは帽子を目深に被り、溢れそうになる感情を抑えて礼を述べた。

「よっし！　まだまだプレゼントしちゃうぜ！　服に靴だろ？　新しい店の家具に調薬用の大鍋、お菓子作りの材料も！　あ、セクシーな下着もいるよな！」

「ジル様、セクハラはその辺で」

調子に乗ったジルの肩をむんずと力強く掴んだのは、ロゼットだった。メキメキと不吉な音がして、ジルが「あでででッ！」と悲鳴を上げた。

「ごめんごめん！　もう言いませんからぁっ！」

「分かればよいのです」

まるで本当の兄と弟のような愉快なやり取りをする二人が可笑しくて、リーニャは思わず「ふふっ」と噴き出してしまった。大の大人がまるで子どものように見えてしまい、笑いが止まらない。

「本当に仲がいいのね。友達……じゃないにしても、ジルのそばにあなたみたいな人がいて安心した。……ジル、ロゼットを大切にするのよ」

リーニャが安堵の入り交じった笑みを浮かべると、ジルもまた、安心したような笑顔で頷いた。

「……うん、大事にするよ。先生が一番だけど」

「も〜〜っ！　私のことはいいってば！」

リーニャは他人からどう思われていても気にしない、確固たる信念を持つ青年に成長したジルの存在が嬉しかった。

人前でキスをするのはさすがにどうかと思うが、『好き』や『大事』を妥協したり隠したりしないことは、誰でもマネができるわけではない。

（ジル……、本当に立派になったなぁ……。そばにはモンドールさんやパルアさん、ロゼットもいる。町の人たちからも慕われているし、きっとこれからも大丈夫ね……）

もう、自分はジルには必要ないということをひしひしと感じたリーニャは、買い物を続けながら、なるべく早く屋敷を出なければ……と思いを巡らせたのだった。


翌日の午後。ジルはメイド姿で掃除をしていたリーニャを、屋敷の隣の空き地に連れてきた。

しかし、リーニャは違和感しか覚えない。

「ここって空き地だったっけ？　昨日まで何か建物があったわよね？」

ころっと可愛い眉を寄せて訝しむリーニャの言う通り、そこには背の高いレンガ造りの建物があった。昨晩までは。

「俺の魔法具保管庫だったけど、潰した！」

「え!?」

あっけらかんと答えるジルは、戸惑うリーニャをよそに予備動作なしで魔法の杖を召喚した。

杖の先端で輝くルビーのような石は、ジルが魔力を込めるといっそう美しくキラキラと眩しい光を放ち――。

「さて、作っちゃいますか！」

空き地に巨大な魔法陣が現れたかと思うと、眩い白い光が煌々と浮かび上がり、リーニャの視界を奪った。

「うっ！　な、何が……」

眩しさで目を閉じたリーニャの耳に、ポンッポンッポポポポンッとコミカルな音が連続して飛び込んできた。いったい何事なのよと、リーニャはおそるおそる目を開くと……。

「え……？」

目を疑う光景に言葉を失った。

何もなかった空き地には、見覚えのある店ができあがっていたのだ。

それは、七年前にリーニャとジルが二人で暮らした場所。

協力して営んできた店――魔法の店【キャンディハウス】だった。

「うそ……これ……」

「先生、ホラこっち！」

リーニャはジルに手を引かれ、店の中に足を踏み入れた。

商品こそ何もないが、商品棚も、家具もそのまま。香りまでそっくり同じで、懐かしさと思い出がどんどん込み上げてくる。

「私たちの【キャンディハウス】……。ジル、どうして……？」

「完全再現してみたよ。先生が金貯まったら出ていくって言うから、屋敷の隣に建てた。遠くに行っちゃったら寂しいじゃん？　まぁ、庭と塀一枚分くらいの距離なら、離れてても我慢できるかなって」

呆けるリーニャに満足そうな眼差しを注ぐジルは、「あとはコレも」と追加で杖をくるりと回した。

ポンッとびっくり箱が開いたような音がしたかと思うと、リーニャが纏っていたメイド服がダークブルーの魔女装束へと変化した。

召喚魔法と変身魔法を組み合わせた高度な魔法だが、ジルにとっては造作もないらしい。彼は呼吸の乱れ一つ見せず、ただリーニャに愛おしそうな眼差しを注いでいた。

「ドレスもメイド服もいいけど、やっぱ先生はこっちだよな」

「ジル……、私、こんなにしてもらっていいの……？　返せるものなんて何もないのに……」

リーニャは衣装が変わった自分に視線を落としながら、今にも泣き出しそうな声を搾り出した──が、その直後涙は引っ込んだ。

「これくらい当たり前だろ。俺たちの店なんだから！」

ジルは、自信満々にニカッと笑う。

「俺たち⁇」

「そ！　先生と俺の。また一緒にやろうよ、魔法の店！」

「えぇぇっ⁉」

リーニャの素っ頓狂な声が店内に響いてこだました。

「でも、ジルは公爵様だし……っ」

「大丈夫！　屋敷の隣なら、領主の仕事しながらでも来られるし。ってか、こっちを執務室にしてもいいよな？　やべっ！　すっげぇ名案キタコレ！」

一人で大盛り上がりしているジルは、リーニャをおろおろさせるには十分だった。

「そんなっ！　ジルは簡単に言うけど……っ」

「嫌？　俺と店やるの」

不意に向けられた温かくて明るい眼差しに、リーニャは胸の奥を照らし出されたような心地がした。

ジルから離れると決意したあの日から、この気持ちは心の奥に隠していたはずなのに。

また、それに触れる日が来るなんて――。

「俺は先生の本音が知りたい。うぅん、わがままが聞きたいんだ」

「わ……私は嫌じゃ……ない。また二人で店をやれるの、嬉しいし……。でも周りからなんて言われるか……」

おずおずと口を開いたリーニャは、恐れ多いと言わんばかりの口調で本音を告げた。

亜人、しかも『角折れ』で奴隷堕ちしていた自分と、地位も実力も人望もある公爵のジルとでは、立場がまるで違うということをよくよく理解していたのだ。

しかし、ジルの声は明るかった。

杖を天に掲げ、高らかに叫ぶ。

「どうでもいいじゃん！　むしろ見せつけてやろうぜ！　【キャンディハウス】の魔法は最強なんだって！」

「それ……覚えてたの？」

「先生と出会ってからの記憶は全部あるよ。忘れるわけないじゃん。店長は先生。俺は従業員兼、未来の旦那さんな！」

お客のいない店内で、ジルは長い三つ編みを楽しげに揺らした。

「ふふ……ありがとう。でも最後のは余計よ。とにかく、ジャンバリ働いてよね！　ジル！」

「りょーかいっ！」

この場所で、またジルと店ができる。

そう思ったリーニャの顔は、自然とほころんでいたのだった。


「ハーブよし！　薬よし！　おまじないアクセサリーよし！」

魔法の店【キャンディハウス】の店内を丁寧に指差し確認して回るリーニャは、我ながら完璧なディスプレイだなと自画自賛していた。

今日は、【キャンディハウス】再オープンの日だった。

リーニャはこの日を迎えるために、一生懸命に店を磨き上げ、せっせと商品を揃え、宣伝活動に力を入れた。ジルも公務の合間を縫って――というかほとんど店にいたのだが、一緒に売れそうな商品を考えたり、帳簿つけをしてくれたりと大活躍だった。

（さすがにオープン初日は緊張するわね……。うぅ……、お客さん来るといいんだけど……）

落ち着かないリーニャが再び指差し確認の旅に戻ろうか迷っていると、ジルが「あれーっ？」とわざとらしく大きな声を出した。

「お菓子は？　昔は棚の端っこに置いてたじゃん」

「……作ってないわよ。どうせ売れないし」

「――とか言って、先生がこっそり用意してたの知ってんだよな～」

自虐的な態度を取ったリーニャの目の前に、ジルはポンッと袋詰めされたお菓子を召喚魔法で出現させた。

無垢な声ですっとぼけてから証拠品を突きつけるとは、まったくいい性格をした弟子である。

「ジル、あんたねぇっ！」

土壇場で自信を失くし、二階の寝室に隠しておいたというのに、いったいいつの間に目を付けていたのだろうか……と、リーニャは眉根を寄せてジルを睨みつけた。

ただし、迫力がまったくないせいか、ジルはどこ吹く風。浮遊魔法でお菓子をふわふわと浮かせて、商品棚の上段に綺麗に陳列させている。

「先生のお菓子はさ、勇気とか元気をくれるんだよ。それって最高の魔法じゃん？」

弟子フィルターがかかっているにしても、そう言われて嬉しくないわけがない。

リーニャは頬が緩みそうになるのを手で押さえながら、「売れ残ったら私たちのおやつなんだからね！」とジルから目を逸らして言った。

そんなやり取りをしていると、ボーンボーン……と、壁掛け時計が午前十時を知らせた。

「開店の時間だ」

ジルは時計をチラリと見上げると、パチンッと指を鳴らした。

店の玄関に吊るされた看板が魔法で回され、「close」から「open」に変わったのだと、リーニャは察した。看板をひっくり返すのは、昔からジルの役割だった。

ほどなくして、カランカランとドアベルが軽快に揺れる音が【キャンディハウス】に鳴り響いた。

「きゃーっ！　ジークルビア様がいらっしゃるわ！」

「公爵様がお店を出されるって、本当だったのね！」

若い女性たちが次から次へと来店し、店内はあっという間に人でいっぱいになった。人間も亜人も入り交じり、キャッキャとはしゃぐ女性たちの声と笑顔が眩しく、華やかこの上ない。

店を持ってから初めての現象だ。

リーニャは嬉しさよりも驚きが勝ってしまい、ギョッとしてからすぐに店の奥に逃げ込んでしまった。

代わりに接客を請け負ってくれたのはジルである。

「いらっしゃい。でも、俺だけの店じゃないよ。リーニャ先生と二人でやってんの。俺に魔法を教えてくれた人」

ジルはこそこそと隠れたつもりになっているリーニャをお客さんに紹介しながら、陳列したばかりのお菓子に手を伸ばした。綺麗な桃色と赤色のストライプの紙に包まれたキャンディだ。

「先生はすごいんだ。例えばこれは、ただのキャンディじゃない。舐めるだけで好きな人との関係を深められる効果がある。……もしかしたら、シてみたくなるんじゃない？」

艶っぽく囁くような小声で、「……キスとか」と、ジルは付け足した。

女性客たちは、まるで耳元で囁かれたかのような気持ちになったらしい。実際ジルがそんな魔法を使ったのかどうかは分からないが、女性客たちは耳を手で押さえながら、黄色い歓声を上げた。色めき立つ、という表現が近いかもしれない。

「か、買いますっ」

「買わせてください！」

「私にもください！」

きゃあきゃあと盛り上がるお客たちは、次々にリーニャの薬草菓子に手を伸ばしている。

そのただならぬ状況に慌てたリーニャは、「はいはい、毎度あり〜」とにこにこ笑顔のジルに急いで駆け寄った。

理由は一つ。詐欺はまずい！　と焦ったからだ。

「ちょっとジル！　あのキャンディには気持ちが落ち着く効果しかないんだから！　あんたまた適当なこと言って……！」

「適当じゃないよ。普段緊張してできないことも、落ち着けばできたりするじゃん。だから、このキャンディのおかげで甘いキスができるんじゃない？」

「そ、それはそうかもしれないけど……っ」

ジルはトントンと指で軽く自分の唇に触れ、色っぽい目線を送ってくる。

ついうっかりドギマギしてしまったリーニャが、むぐぐと押し黙っていると――。

「すみません。お会計お願いしまーす」

人間の女性客が、商品がいっぱい入ったカゴを会計スペースに持ってきていた。リーニャは目をまん丸にして驚いた。

「えっ！　こんなに……？」

ジルが先ほど宣伝してくれたキャンディだけでなく、疲れ目に効くハーブティーやストレスが和らぐ薬草クッキー、他にも風邪薬や目覚めがよくなるお香など、カゴの中はこれでもかというほどの商品が詰め込まれていた。

（【キャンディハウス】基準では、爆買いに相当するわよ……！）

平民の女性に見えるが、まさか隠れ貴族？　それとも流行りの転売ヤー？

リーニャが一人で慌てている前で、女性客はにこやかに財布を取り出していた。

「亜人の店員さんが作るグッズなんて、めったに手に入らないし、買うしかないですよ。しかもジークルビア様がいらっしゃるし♡」

（亜人のグッズを買うしかない……なんて、初めて言われた……）

一瞬言葉を失い、手が止まってしまった。

「あ……ありがとうございます」

転売ヤーではなくミーハー女子のようだと安堵したリーニャは、その後は隠れずに気合を入れ直して接客に打ち込んだ。

昼食時になると、ようやく客足が途切れた。

ほっとした表情でお客を見送ったリーニャは、目を細めて隣に立つジルを見上げた。

「ありがとう。ジルのおかげで順調な滑り出しだわ」

「いいや、俺は何も」

ジルは後ろ手に手を組みながら、店内をぶらぶらと歩いている。けれどその目は案外鋭く、何の商品がどれだけ減ったかを確認していることは見て分かった。

「今のガルタン領は、亜人理解がけっこー進んでるからさ。魔法への抵抗も少ないし、七年前より商売しやすいと思うよ！」

(だから、それがジルのおかげなのに……)

リーニャは照れくさくなって口に出すことができなかったが、ガルタン領を亜人に優しい領地に変えたのは、ジルが尽力した結果に違いなかった。

ミッドガルド王国の色々な場所を放浪したリーニャには分かる。

国王は親亜人主義を掲げているとはいえ、威光の届かない地では亜人への偏見や差別は未だに残っているし、だからこそリーニャは奴隷として売られていたのだ。亜人を恐れず、笑顔で受け入れ、求めてくれる場所などそうそうない。

（ほんとに立派になったんだなぁ……）

リーニャがこっそりとジルの後ろ姿を見つめていると。

「さーて、お客さんハケたし、ちょっと休憩しよっか。甘いイチャイチャか、甘いおやつがどっちにする？」

「おやつ一択！」

せっかく心の中で褒めていたというのに、ふざけた態度で絡んでくるジルには呆れるしかない。

師匠をからかうのも大概にしなさいと、リーニャが懇々とお説教を始めようとした時、カランカランとドアベルが鳴り、大柄なお客が一人入ってきた。

「げぇッ！」

顔を引き攣らせ、素早くリーニャの背中に隠れた（隠れきれていない）のはジルだった。

「俺を屋敷に連れ戻しに来たのか!?　今日は丸一日店のために空けたんだから、絶対戻らないぞ！」

「あら、ロゼット」

ぎゃんぎゃんと仔犬のように吠えるジルをよそに、ツカツカと店に入ってきたのは亜人騎士のロゼットだった。今日は一段と眼光が鋭く、とても険しい顔をしていた。

「本日の用向きは、【キャンディハウス】への仕事の依頼。どうか、ヤツを成敗していただきたく、相談に参りました」

「ヤツ？」

「……俺の畑を荒らす不届き者です!!」

ゴゴゴゴゴゴ……。

そんな効果音が聞こえてきそうなほど、ロゼットの金色の瞳は殺意が満ち、隠しきれない怒りのオーラが全身から滲み出ていた。

（ひぇっ！　めちゃくちゃ怖いんですけど！）

ジルによると、ロゼットは四十年前に開戦した人間と亜人の戦争——ユグドラシル戦争にデモニア王国軍の騎士として参戦していたという。

しかし、自国劣勢の戦場でミッドガルド王国の捕虜となってしまい、反亜人意識の強い軍人たちから残酷な拷問を受けるという壮絶な日々を送った。

だがその後、当時王国騎士団長を務めていたモンドールが、己の正義に従って捕虜たちを解放し、ロゼットは自由の身になった。デモニア王国に帰還するという選択もあったが、ロゼットはモンドールに恩を返すことを選び、以来、ガルタン公爵家に仕えているらしい。

強面な外見からは近寄り難い印象を持たれがちだが、護衛騎士としての役目をまっとうしている真面目な青年だ——。

（——と、思ってたんだけど……）

「えっと、それで……畑の話よね？」

リーニャは店の奥にロゼットを招き入れ、三人分の紅茶とスコーンを出した。

ちなみに紅茶は、少しでもロゼットに落ち着いてほしいという気持ちをこっそりと込めた、ストレスと苛々に効用のある花から煮出したミルクティー。ミックスベリーのジャムとクロテッドクリームもたっぷりと用意したので、これで和やかな空気になるはず……とリーニャは踏んでいた——のだが。

「あぁ、俺の畑だ。デモニアの実家が農家でな……。平和な時代であれば、きっと農業を続けていただろうとモンドール様に話したところ、なんとご厚意で土地を分けてくださったんだ。それから俺は騎士業の合間に畑を耕し、種を植え、苗を植え……。野菜の世話は楽しいぞ。愛した分だけ、実りとなって返ってくる。畑のすべての野菜が俺の可愛い子どもたちで、収穫は言わば巣立ちだな。涙を禁じ得ない瞬間だが、その時が最も喜ばしくもある。今の季節のおすすめは——」

普段は寡黙なロゼットの口から饒舌に語られる畑トークが止まらない。

リーニャは仰《の》け反《ぞ》るほど圧倒され、まるで口を挟む隙を見出すことができず、助けを求める視線をジルに送った。

「ロゼットの育てた野菜は美味しいんだぜ！　ついでに料理も絶品だし！」

魔導公爵の補足情報は、残念ながらあまりにも薄っぺらかったし、そのうえロゼットのマシンガントークを止めてくれる気配はない。

（下手に遮ったら、殺されそうで怖いわね……）

リーニャはスコーンを頬張りながら、ロゼットの話が終わるのを待った。

結局、彼の話が落ち着いたのはリーニャがスコーンを二つ食べ終えた頃だったので、相当畑を大切にしていることは大いに伝わってきた。畑　ＢＩＧ　ＬＯＶＥだ。

「――で、その大事な畑を荒らす奴がいるのね。犯人の目星はついてるの？」

「いや、分からん。だが、畑荒らしの行いは、徐々にエスカレートしている。初めは野菜をかじる程度だったが、回を重ねるごとに、より凶悪に、より範囲も広く……。大型動物にやられたようにも見えたが、この辺りはクマやイノシシが出るような場所でもない」

「うーん……じゃあ、『魔物』かしら？」

リーニャは顎に指を当てて思考を巡らす。

ミッドガルド王国とデモニア王国の国境には、魔力の源たる魔法分子を生み出す大樹がある。名を魔法樹ユグドラシルという。

ロゼットが参戦した戦争は、このユグドラシルの所有権を両国が争って起こったものであるため、ユグドラシル戦争と呼ばれている――。

その人々が命がけで争うほどの価値がある大樹から生み出される魔法分子は、通常は凝縮されて葉や花として固形化、あるいは空気や水などに溶けて気化・水溶化することで、人の体に取り込まれる。

しかし、稀に生命へと突然変異することがあり、それが『魔物』と呼ばれているのだ。

「たいていの魔物は、領地の外で食い止めてんだけどな。俺、結界張ってるし」

「領地まるまる覆える結界って、あんたの魔力量が恐ろしいわ」

「それを受け止めてた先生もな♡」

ジルはリーニャのツノをつんつんと指でつついてふざけているが、彼の魔法の才には毎度脱帽させられるリーニャである。

外敵からの攻撃を防ぐ結界とは、一般的な魔導師ならば人ひとりを守る程度が精いっぱいのはずなのだ。

(弟子が魔法に愛されすぎてて恐ろしい……)

リーニャの内心などつゆ知らず、ジルは相変わらず楽しそうに目を細めていた。

「ま！　とりあえず現場に行ってみますか！」


トマト、ナス、キュウリにトウモロコシ……。他にも何種類もの野菜が実る大農園が、ガルタン公爵家の敷地内に広がっていた。町の学校の校庭ほどはあるのではないかという規模であり、とても個人の趣味で世話をしている「家庭菜園」という雰囲気ではない。

(ガチ度、たっか～～いっ！)

リーニャはロゼットの畑をきょろきょろと見回し、見回すほどに目を丸くしていった。

水を撒くための水道設備も完備されているし、魔法繊維で作られたハウスもいくつか見受けられる。一般の農家ではなかなかここまでの設備は用意できないため、ガルタン公爵家の財力様々といったところだろう。

だが、それを一人で管理し、大量の野菜の世話をするロゼットの体力と畑愛も底なしに違いなく——。

「美しいだろう。深みのある緑の葉。しっとりと豊かな土。色とりどりで艶やかな野菜たち……。俺の自慢の畑だ」

(まるで恋人の紹介みたいね……)

ナスの前にしゃがみ込み、葉を手に取って見つめるロゼットは、いつもの鋭い目つきとは異なる優しくて慈愛に溢れた瞳をしていた。まるで別人である。

「すっごく大事な畑なのね。とっても美味しそうな野菜ばかりだわ」

リーニャは彼の変貌ぶりに戸惑いつつも、自分も同じものを見てみようとナスの方に手を伸ばしたが——。

「気安く触るな……！」

地底からほとばしるような低い声に咎められ、リーニャは「ひぃぃぃぃっ！」と悲鳴を上げて竦み上がった。

「野菜たちに触れるのは、俺の収穫講座を履修してからにしてもらおうか！」

ロゼットの有無を言わせぬ剣幕が恐ろしい。

ところがジルはそんなロゼットに慣れているのか、「その気持ち分かる分かる〜」と、軽い感じで何度も首を縦に振っていた。

「俺も、大事な先生をどこぞの馬の骨に触られたら嫌だもんね。俺の許可なしじゃ認めないよ」

「どの口がおっしゃいますか。ジル様がこっそり俺の野菜を盗み食いしていたの、知ってますよ」

ロゼットからじっとりとした視線を向けられるも、ジルは相変わらずへらへらと楽しそうに笑っている。

「なんか……ごめんね、ロゼット。ジルの世話、大変だったんじゃない？」

「かなり手を焼かされたぞ。今後はお前に七割程度は任せるつもりだが」

「私の割合多くない……？」

「二人でこそこそ何の話？　俺も入れて」

リーニャたちはそんな会話を交わしながら、昨日荒らされたばかりだという畑にやって来た。

美しく実っていた野菜や果実は食い荒らされていたり、地面に無惨に叩きつけられていたりと、畑は酷い有り様だった。

ロゼットは愛する畑の惨状を見て、落ち込んだ様子で肩を落としている。

「何度かやられているのですが、日に日に悪質になってきています。初めは野菜をかじる程度だったのですが、今では広い範囲が被害に……」

「派手にやられたなぁ。たしかに人でも動物でもない。やっぱ魔物っぽいか。野菜食べる度に育ってんのかな？」

「でも、それじゃジルの結界を越えてくる説明がつかないわ」

リーニャとジルは、うんうんと頭を悩ませながら畑を調べ始めた。

結界に異常はない、とジルは空を指差して断言した。

「年一のペースで張り替えるけど、最近は結界を解除した覚えはないし、外から破られた気配もない。俺の結界って国防級の堅さだしさぁ……」

ジルは荒らされた畑にしゃがみ込むと、ぐちゃぐちゃに潰れてしまったトマトを手に取って見つめた。

「ジル様、お手が……。昨晩の雨で泥もついておりますので」

「ははは。別に気にしないって。でもなかなかすごい雨だったよな～」

豪快に笑い飛ばすジルに困った視線を向けるロゼットを見ていると、きっとジルが小さい頃もこんな感じに世話を焼いてくれたんだろうな……とリーニャはしみじみと思った。

（ロゼットはお兄さんみたいって思ってたけど、案外お母さん属性もあったりして——）

「ってぎゃ——っ！」

考え事をしていると、リーニャはうっかりぼこぼこした地面に躓き、派手に転んでしまった。

全身が地面に滑り落ちたため、べしゃっと水っぽい耳障りな音が周囲に響く。

「先生！　大丈夫か!?」

「うへぇ……助けて……」

柔らかい地面に手足を取られて動けないリーニャは、ジルとロゼットによって助け起こされたが、いささかショックを隠すことができない。

「ごめん……。私はジルみたいに汚れても気にしないって言えない～っ！」

「いや、さすがにそれだけ汚れたら気にするだろ」

めそめそと顔を歪めるリーニャをジルが励ましてくれたが、一人だけ泥んこ遊びをしたような見た目になっており、師匠の威厳はどこへやらだ。

リーニャは雨が降った後でなければ、ここまで酷くはなかっただろうに……と、しょんぼりしながら地面を睨みつけた。

「おのれ、雨め……！　んん……？　雨……か……」

「俺は泥だらけの先生も可愛いと思うよ？　わんぱく感があってさ」

「………………」

ジルが「そんな先生はレアだから目に焼き付けとく」といらない情報を提供してくれている中、リーニャの意識は別のところにあった。

（破られていないのに侵入した魔物……。荒らされた畑……。ぼこぼこの地面と雨……）

ハッと閃き、リーニャはロゼットをくるりと振り返った。

「ロゼット。もしかして、畑が荒らされる日って、雨の日ばかりじゃなかった？」

「む……。言われてみれば、そのような気も……」

「なら、試してみましょ！」

「試す？　何をだ」

怪訝そうに顔をしかめるロゼットに向かって、リーニャはどんっと胸を張った。そして、自信満々に空を指差した。

「雨よ！」

「そんなもの、次にいつ降るか……」

「ここは俺の出番って感じかな？」

ジルがスイと前に進み出た。

リーニャの予想を皆まで理解したわけではないと思われるが、昔から役割を察するのは人一倍早いのがジルだった。

ジルはパチンッと指を鳴らして杖を召喚すると、それをくるくると手首で回しながら、被害のあった畑の中心へと移動していく。

「できるの？　ジル」

「やったことはないよ。天候操作なんて、大っぴらにやると国際問題になりかねないし。でもさ――」

リーニャの期待に応えることが大好きなジルは、杖を天に高々と掲げて宣言した。

「俺にかかれば、降水確率百パーセントだ！」

青い光を帯びた巨大な魔法陣が畑の上空に現れ、煌々と明るい輝きを放った。

いつもはジルの足元に出現する魔法陣が頭上にあるという状況がなんだか新鮮で、リーニャはその輝きに思わず見惚れてしまった。

「あっ！」

リーニャの短い声と同時に、荒れた畑にだけザァァァッと雨が降り始めた。

「すごい……」

（ほんとに天気まで操れるようになったんだ……！　伝承級の魔法なんて、遊びで教えたようなものだったのに……）

「せんせー！　こんなもん？」

「えぇ！　そろそろいいわ！」

ジルに明るい声で答えるリーニャは、だんだんと小さくなっていく雨雲の隙間から射し込む太陽の光に目を細めながら、ユグドラシル戦争の有名な記録の一節を思い出した。

『十年に及ぶ人間と亜人の戦争に終わりがもたらされた日。その日、半亜人の魔導師の魔法によって、両国軍に天災のごとき雨が降り注ぎ、そして空に架け橋のような虹が現れたという――』

虹は魔法樹ユグドラシルの恵みを等しく享受すると決めた、ミッドガルド王国とデモニア王国を結ぶ平和の象徴。

畑の上空にも、そんな平和の象徴が大きく架かり、美しい虹色を見せてくれていた。

（綺麗……）

しかし、虹に見惚れることができたのは、一瞬のことだった。

ボコ……ボコボコ……と荒れた畑の地下から不吉な音が聞こえたかと思うと、爆弾でも爆発したのではないかというほどの振動と轟音が周囲に響き渡った。とてつもなく大きな『何か』

が地下から地表を突き破って現れたのだ。

「きゃっ！」

衝撃に耐えられなかったリーニャはその場でひっくり返ってしまい、その『何か』を仰向けの状態で拝むこととなった。

「やっぱり、ドラゴンミミズ……！」

虹の絶景をバックに畑に居座っているのは、ドラゴンミミズという竜によく似た魔物だった。鋼の鱗のような表皮を持ち、長い尾と鋭い爪と牙で獲物を攻撃するという地中生物。詳しい生態は分かってはいないが、雨が降ると地上に姿を見せることから、ドラゴンミミズと呼ばれている――。

「結界は地下には張られていないもの！　ドラゴンミミズなら侵入可能だわ！」

リーニャは本で読んだだけで実物は見たことがなかったが、たしか全長はリーニャよりも小さく、のんびり土壌ライフを謳歌して、時々作物をかじりに来る感じの魔物だったはずだ。

「けど、でっか！　畑荒らしの犯人、でっかい！」

リーニャは目が飛び出るかと思った。

目の前のドラゴンミミズは、見上げると首が痛くなるほどの大きさだ。高さだけでも五メートルはありそうだ。

「すげーっ！　勇者が戦いそうな貫禄じゃん！」

ジルは子どものようにはしゃいでいるが、ロゼットは違った。

「……許さねぇ」

低い唸り声からは怨嗟の念が滲み出ており、獣耳と尻尾の毛は逆立ち、額には青筋が浮かんでいた。ギラリと光る犬歯からは殺意まで感じられる。

ドラゴンミミズに負けないくらい、こちらも迫力があった。

「おーおー。久々にバチギレてんなぁ、ロゼット」

「当然です。普通のミミズならともかく、俺の畑に手ェ出す魔物なら、容赦はしません」

ロゼットの怒りに応じるかのように、ドラゴンミミズが耳を塞ぎたくなるほど大きな咆哮を上げた。

空気が震え、火花が散り、ジルがそれを魔法の防御壁を出現させて防いだ。

彼が慌てる様子は微塵もない。

「さぁ、せんせ、どんな作戦でいく？　ロゼットは雷使いのタフな騎士。ご存じ、俺はなんでもござれの大魔導師。好きに使ってくれよな！」

ジルには、怖いものなんてないのかもしれない。

リーニャを見て余裕満点に笑うジルは、ペン回しのように杖をくるくると手の上で回している。

「ドラゴンミミズの装甲は硬いわ！　でも、それを剥がせば水魔法に弱いの！　ロゼット、あの装甲ぶっ壊して！　ジルはまず援護よ！」

「りょーかいっ！」

ジルは無言で剣を抜き、飛び出していくロゼットとその先にいるドラゴンミミズに向けて杖を大きく振った。

「ロゼットに肉体強化《バフ》！　ドラゴンミミズに守備力弱化《デバフ》！」

ジルの支援魔法で身体能力が強化されたロゼットは、地面を強く蹴り上げ、ドラゴンミミズの頭上まで高く飛び上がった。

「宿れ、雷――！」

剣に激しい雷電がバチバチと発生し、ロゼットは雄叫びと共にそれを振り下ろす。

刃以上に大きく鋭い雷の衝撃がドラゴンミミズを貫かんとし、周囲に轟音と雷撃が散った。

（すごい雷の魔法……。私も魔法が使えたらよかったのに……）

リーニャは雷光が収まるまで目を細めていたが、次の瞬間、驚きで目を見開いた。

ドラゴンミミズは、平然とそこに居座っていた。強固な鱗にロゼットの攻撃はすべて弾かれていたのだ。

ロゼットは舌打ちをし、素早く二の手三の手に転じているが、有効な攻撃にはなっていない。

ドラゴンミミズの鋭い尾がロゼットに迫った。咄嗟に防御しようとするも、剣が真っ二つに折られてしまい、ロゼットは攻撃をもろに食らって地面に叩き落とされた。

「ロゼット！」

リーニャとジルは慌てて彼に駆け寄った。

幸い、肉体強化の魔法のおかげで大事には至っていないようだったが、ロゼットは肩で大きく息をしながら、攻撃を受けた腹部をさすっていた。

「骨、大丈夫か？　今、治してやるから動くなよ」

ジルが治癒魔法を展開すると、ロゼットの険しい顔が少し緩んだ。だが、彼のドラゴンミミズへの憎悪の念はいっそう増していた。

「ヤロウ……ぶち殺す……」

「落ち着けって。剣も作り直すから」

ジルとロゼットは協力して戦っているというのに、自分は何もできないことがもどかしく、リーニャはただハラハラとドラゴンミミズの動向を見張っていた。

役に立たない自分が悔しくてたまらなかった。

自分がロゼットのように魔法が使える亜人であれば、戦力になれたのに……と。

「リーニャ先生。次、どうする？」

リーニャがぐるぐると自分の無力を呪っていると、不意にジルの声が思考を現実に引き戻してくれた。

リーニャはハッと我に返り、ジルの吸い込まれそうなグリーンの瞳を見つめ返した。

ジルの瞳には暗い顔のリーニャが映っていたが、数秒後には凛とした表情へと変わっていた。

（……ないものねだりなんて今さらだわ。私には私の戦い方がある！　魔法は使えなくても、人一倍勉強だけはしてきたんだから！　それこそ、人間の子を大魔導師に育てられるくらい……！）

幼い頃に読み漁った本の一ページが、ふっと思い浮かんだ。

『【鎧系魔物への有効打】　槍などによって鎧の隙間から攻撃する。あるいは――』

そうだ――と、リーニャは力強く頷き、叫んだ。

「ジル！　作り直すなら、剣じゃなくてハンマーよ！」

「そっちの方が効くんだな？　りょーかいっ！」

リーニャの指示を受けたジルは、折れた剣に錬成魔法をかけた。

錬成魔法独特の銀灰色の光がまたたき、無惨に折れていたロゼットの剣がずっしりと重たそうな巨大な鉄槌へと変化した。力のあるロゼットでなければ持ち上げることもできないような得物だ。

「頼んだわよ！　ロゼット！」

「ガツンとかませ‼」

リーニャとジルの声援を受け、ロゼットは「心得た！」と短く答えながら駆け出した。

ジルの治癒魔法が優れていることはもちろんだが、リカバリーの早さは狼族のロゼット本人の持つ魔力と頑丈な肉体によるものが大きい。

同じ亜人の括りに属するリーニャから見ても、ロゼットは抜きん出た強さを持つ騎士だった。

「ロゼットはさ、じいちゃんに鍛えられてっから、いろんな武器が使えるんだ。ハンマーだって達人級だぜ！」

心配の色一つ見せないジルは、大地を蹴り上げ、上空に跳び上がるロゼットに信頼の眼差しを向けていた。

「喰らえ!!」

ロゼットが大きく振り上げたハンマーが、荒ぶる紫電《しでん》を帯びて叩き落とされた。

「!!」

ロゼットの咆哮が空気だけでなく、大地をも震わせた。激しい稲光がドラゴンミミズを貫き、頭蓋の装甲にヒビを入れ、砕き割った。突然鱗を砕かれたドラゴンミミズは、耳障りな悲鳴を上げながら痛みで畑をのたうち回っている。

「よくやった！　ロゼット！」

ジルは華麗に着地を決めたロゼットに労いの言葉を掛けると、すぐさま第二撃に転じた。リーニャの指示通りの水魔法だ。

ジルの杖先が青く輝き、彼の周囲にいくつもの小さな魔法陣が出現した。その一つ一つが水の刃の発射口だった。

「穿て！　水刃ッ!!」

ジルが杖をドラゴンミミズに向けると、魔法陣から見たこともないような大量の水が噴射された。水の轟音と白いしぶきで聴覚も視覚も遮断され、離れた場所にいるリーニャには、何が起きているのかまったく分からない。

だが、数秒後には決着がついた。

グギャアァァァァァァッ!!　と、耳を覆いたくなるような断末魔の叫びが辺り一帯に響き渡り、ドラゴンミミズの巨体が地面に沈んだ。

リーニャの目線の先に立っていたのは、得意そうに笑っているジルとロゼットだった。

「や……やったーっ！」

リーニャは声を弾ませて二人に駆け寄った。

三人とも無事。畑荒らしの犯人も見事討伐完了だ。

「感謝いたします、ジル様。そしてリーニャ……」

リーニャとジルが「わっしょいわっしょい」と謎の踊りを踊りながらはしゃいでいると、ロゼットが畏まった口調で頭を下げた。同時にリーニャは、自分に柔らかい視線を向けてくるロゼットに少々面を食らった。

「な、何？　言いたいことがあるならはっきり言ってよね？」

「あぁ。謝らなければならないと思ってな……。正直に言うと、魔法が使えないお前には多くは期待していなかったんだ。だが、お前抜きでは畑を守ることができなかっただろう。侮っていて、すまなかった」

「べ……別にいいわよっ。報酬をくれたらいいのよ、報酬を！」

面と向かって存在を肯定されると思っていなかったリーニャは、照れくささを隠すためにツンとそっぽを向こうとした。

だが、ロゼットはそれよりも少し早く、すっと片手をリーニャに向かって差し出した。彼の狼耳と尻尾は穏やかな角度に曲がり、大きな手のひらは対等な握手を求めていた。

「リーニャ。お前は頼りになる魔女だ。ありがとう」

今まではどこにいても哀れまれるか、蔑まれる人生を送ってきたリーニャは、同族から認められたこの瞬間を奇跡のように感じた。こんな日が訪れたことへの驚きと喜びが胸を打ち、ドクドクと鼓動が速くなった。

「あ……わ、私の方こそ……」

リーニャがおずおずとロゼットの手を掴もうとした時、ずいっと間に割り込んできた人物がいた。もちろん、リーニャを独り占めしたくてたまらない男、ジルだ。

「はーい、そこまで。先生の手、握っていいのは俺だけだから！　ロゼットは下がった、下がった！」

「ジル様はリーニャへの執着が異常です」

「畑に執着してるお前に言われたくありませーん！」

大人げなく唇を尖らせるジルは、ロゼットの尻尾をもふもふと揉む嫌がらせ（？）をしているらしい。ロゼットは険しい顔でジルを睨みつけながら、「噛みつかれたいですか？」と威嚇している。まったく、愉快な主従である。

リーニャはそんな二人を目を細めて見守りつつ、地面に盛大に倒れている巨大なドラゴンミミズに視線を移した。

（どうしてこんなに大きく……しかも凶暴化まで……）

「おーい！　せんせーっ！　いい加減シャワー浴びた方がよくないー？」

ジルの声に我に返ったリーニャは、自分がまだ泥だらけであることを思い出し、「分かってるわよ！」と強めの口調で返事をした。


その日の夕方のこと。リーニャはジルに連れられて、ガルタン公爵家の中庭を訪れた。色鮮やかな季節の花が咲き誇る、リーニャがとても気に入っている素敵な場所だ。

そこにはたくさんのご馳走やお酒が支度された大きなテーブルがあり、モンドールとパルアが席に着いて待っていた。

「うわぁ！　すごい！　宮廷料理みたい！　宮廷料理食べたことないけど……。えっと、何かのお祝いですか!?」

「先生の歓迎会と、【キャンディハウス】の開店祝いだよ」

豪華なご馳走に目を奪われていたリーニャが可笑しかったのか、ジルはくすくすと笑いながら椅子を引いてくれた。

「えっ。そんなのわざわざ……」

「依頼完遂の礼でもある。遠慮なく食べてくれ」

背後からぬっと現れたロゼットは、両手に料理の皿を持っていた。

「ロゼット！　もしかして、あなたが料理を？」

「あぁ。俺の畑で採れた野菜を使っている。味は保証するぞ」

リーニャは、ロゼットが身に着けているエプロンが可愛い犬の柄だったことに密かに衝撃を受けていた。

（ギャップがすごい！　触れたら怒られそうだから言わないけど）

「ふふふ。ロゼットの料理は絶品なのよ」

「家の飯は、全部ロゼットが作ってるもんな」

「スイーツも美味いのじゃ。ジルや、ワシにケーキを取ってくれんかのう」

ガルタン公爵家の面々がロゼットの料理を絶賛する中、さりげなくケーキを所望したモンドールだったが、同時に恐妻の目がギラリと光った。

「あ・な・た？」

地の底から唸るような声に震え上がったモンドールは、「間違えたわい。最初はサラダじゃった」と慌てて取り繕った。

「どんまい、じいちゃん。でもロゼットの料理はサラダが一番美味いまであるからさ」

ジルは祖父を励ましながらも、笑いを隠しきれない様子だった。

愉快で笑顔が絶えない食卓に、リーニャの心は軽やかに弾んだ。

たくさんの人数でテーブルを囲み、美味しい料理を分け合って食べることは初めてだったが、ガルタン公爵家の人々は皆優しく、自然と打ち解けることができた。

ありのままの自分を受け入れてもらえる嬉しさと、誰かと笑い合える喜びをひしひしと感じていたリーニャは、パルアとモンドールから注がれている視線にふっと気が付いた。

「えっと……どうかなさいました？」

「うふふ。リーニャさんが来てくれてから、とても賑やかで楽しいの。お礼を言わせてちょうだい」

「ワシらのことは本当の家族と思ってくれい。隣に住んどるんじゃ、いつでもおいで」

思いも寄らなかった二人の言葉は、リーニャの胸をじんわりと温かくした。

育った環境に恵まれなかったからだろうか。

ずっと、自分一人で大丈夫だから……と言い聞かせて生きてきたリーニャだったが、その裏には『家族』への強い憧れが潜んでいたことに、ようやく気付かされた瞬間だった。

(そっか……私……、家族が欲しかったんだ……)

「ありがとう……ございます……。私も……皆さんに会えて、本当によかった……！」

琥珀色の瞳をうるうると潤ませるリーニャのことを、ジルは猫のように目を細めて見守っていた。

わざとらしく大袈裟に伸びをしながら、「あーあ。先生の家族は俺だけだったのになぁ」と残念そうな声を出すが、ジルの表情は柔らかだった。

「ま、トクベツなのは俺だけだよね？」

「ジルは弟子です！」

リーニャはきっぱりと言いきるが、頭の中にはふわりと『愛弟子』という単語が浮かんでいた。

もうジルと離れたくない。二度と手放したくないという思いが、今ははっきりと分かった。

（いいのよね？　一緒にいても……）

「あれ？　先生、顔赤くない？　照れてる？」

ジルは、ワインをちびちびと飲んでいたリーニャの顔を覗き込んできた。本当にリーニャのことをよく見ている。

「違うわよッ！　これはお酒のせいで――」

「へぇ？　先生、お酒弱かったんだ。でも、べろべろに酔っ払っても、ちゃーんとお持ち帰りするから安心して♡」

ジルはリーニャの細い腰に手を回すと、グイと自分の方へと引き寄せ、折れた右ツノに小さなキスをした。ちゅっと可愛らしい音とは裏腹に、ジルの魔力がたっぷりと注がれるものだから、リーニャの頬はいっそう赤くなってしまった。

「何言ってんのよ！　バカ弟子ぃぃ～～～～ッ!!」

ガルタン公爵家の庭にリーニャのお説教の声と明るい笑い声が響いたのだった。

第三章　惚れ薬、お作りします

人間の国ミッドガルド王国には、特別大きな力を持つ王族が三人いる。

一人目はいわずもがな。国王テオドール。

若い頃は武勇に秀でた豪傑の騎士であったが、ユグドラシル戦争終結後は亜人親和政策を進める穏やかで聡明な賢王。

二人目は、テオドール王の弟オリバー。

王国で二番目に優れた魔導師であり、魔科学研究者の筆頭。戦時中は唯一無二の術を生み出し、最前線で亜人と戦った。

そして三人目は、テオドール王の一人息子フランシス。

近年稀に見る秀才で、魔法学校を歴代二位の成績で卒業。見目も麗しく、誰もが放っておかない、将来を厚く期待されている王位第一継承者――。


「惚れ薬をもらえるかな？」

ある日の【キャンディハウス】。

正面のソファに優雅に腰掛ける王子フランシス・ミッドガルドは、爽やかな笑顔でとんでも発言を繰り出した。

ティーポットを持っていたリーニャは、予想をはるかに超えた依頼内容に仰天し、うっかりハーブティーをこぼしてしまった。

「あつっ!! あっつい!!」

淹れたばかりの紅茶の熱さに悲鳴を上げたリーニャだったが、それよりも今告げられた依頼の内容に目を白黒させていた。

(な、なんで王子様が惚れ薬……!?)

リーニャの目の前に惚れ薬を所望する王子様がいる理由は、数刻前に遡る。

さあ、今日もバリバリ稼ぐわよ! と、リーニャが張り切って開店準備をしていると、一台の豪華な馬車が店の前に停まった。

リーニャEYESの分析によると、馬車の装飾は純金と宝石多数。どこからどう見ても大金持ちが乗車している。

居ても立ってもいられなくなったリーニャはすぐさまジルを呼びに行ったのだが、さすがは魔導公爵ジークルビア様。ジルは「へー、誰だろ?」と特に慌てる様子もなく、平然と店の前に出ていった。

そして、馬車から華麗に降りてきたのがキラキラと輝くオーラを纏ったハンサムな青年。さすがのリーニャでも顔と名前を知っているくらいの有名人だった。

淡く澄んだ海のようなライトブルーの髪、深い夜空のように煌めく碧眼、すらりとしなやかな体躯、すべての者に微笑みを与えてくれるご尊顔……。文武両道で人々からの人望も厚く、どこを歩いても黄色い歓声が飛び交う。

各町に彼を讃えるファンクラブが存在し、写真入りのグッズや展示物も数えきれないほど出回っており、この国で彼の顔を知らぬ者などいるわけがなかった。

「フ……フラ……」

「あれ？　フランシスじゃん」

（えええッ⁉）

おろおろとしていたリーニャをよそに、ジルは「よっ」とあまりにも軽い態度でフランシスを出迎えた。

「やぁ、ジークルビア。久しいね。ここが噂の魔女さんのお店かい？　可愛らしくていいじゃないか！」

「だろ？　俺と先生の愛の巣だぜ」

「いい巣だね」

キラリと白い歯を見せて微笑む王子様は、ジルによると魔法学校のクラスメイトだったらしい。

生徒は立場が平等という学校の方針により、王子のフランシスとジルは対等な仲となり、今でも親しくしているという。ちなみに、かつてジルを宮廷魔導師に推薦したのも彼だったそうだ。

寿命が縮む思いのリーニャだったが、その後フランシスを【キャンディハウス】に招き入れ――先ほどの「惚れ薬もらえるかな？」の場面に戻る。

（さすがにそんな依頼だとは思わないわよ……っ！）

リーニャは、ハラハラしながらソファの隣に座るジルを見上げた。王子様が惚れ薬なんて使ったら、バレた時に倫理的に大問題にならないかと心配だったのだ。

しかし、ジルが気になったのは倫理的な部分ではなかったらしく。

「まぁ、一部の貴族はヤバい薬使ってるとは聞くけどさ。フランシスはモテるから、惚れ薬なんかいらないだろ」

（う……貴族社会こわっ）

リーニャは、ぶるりと震え上がった。

一方、フランシスといえばマイペースを崩さなかった。

「たしかに僕はモテるよ。レディたちは放っておいてくれない。かなり、とてもね」

（自分で言うか？）

「僕は皆から愛されるけれど、その中に本命はいない。僕が心の底から愛しているのは一人だけなんだ」

「へ～、自分のこと？」

「ジークルビア、何をふざけたことを。僕がまるでド級のナルシストみたいじゃないか」

やれやれと大袈裟なため息を吐き出すフランシスは、茶菓子のマドレーヌをなぜか無駄にセクシーに口に入れて味わっていた。

常に大物の空気を漂わせるフランシスは、友人のじと目には気が付いていない様子である。

「僕が愛しているのは、男爵令嬢のクロエ・マイルズだ。魔法学校で運命的に出会って以来、僕の心は彼女のものさ」

「ほぉー。そんなご令嬢が」

ジルが心底興味なさそうな相槌を打つと、フランシスはやれやれと大きく肩を竦めた。

「はぁ〜……君ねぇ、クロエと同じクラスだったし、会話も交わしていたはずじゃないか。君はとことんリーニャさん以外の女性に興味がないねぇ」

「えっ」

「嘘ではないよ？」

突然自分の名前が出て驚いたリーニャに、フランシスは身を乗り出してグイと迫った。

フランシスから放たれる輝くオーラと甘い香りにリーニャは「はわわ！」と戸惑うが、彼の雄弁は止まらない。

「ジークルビアは学生時代から、ずっと『大好きな先生』の話をしてくれていてね。まぁ、こんなにキュートな先生であれば、一途になってしまうのも分からなくはないが。僕もあなたのように可憐な師から魔法を学べたら……、いや、もっとイロイロなことを教わりたいな♡」

「い、いろいろ…？」

「はい、フランシスの悪癖出ましたーッ！」

ジルはもちろん、さりげなくリーニャの手を取ろうとしたフランシスの行動を見逃さなかった。素早くリーニャを自分の方へと抱き寄せると、すとんっと隣に座らせてしまった。

「きゃっ！　ジル！」

「先生。こいつは息をするように人を口説くから、絶対に真に受けるなよ？　天然でやってるから」

「えぇっ⁉　そんな人いる⁉」

「ああ。だからフランシスの周りには、自分が恋人だと勘違いした女が溢れ返ってるし、違うと気が付いた女はフランシスを刺しに来る。何度俺が尻拭いしてきたことか……」

ジルは学生時代の修羅場を思い出しているのか、頭を抱えて大きなため息を吐き出した。

(うわぁ……、詳しく聞きたくない……)

「クロエって子に惚れる前に、まずその悪い女癖を直せよな」

「女癖ではないよ。僕は男女を区別したりしないから」

「あー、はいはい。男のハートも射抜いてましたよね」

「まぁね！」

王子様、個性がごりごりに強いぞと、リーニャは顔を引き攣らせた。鋼というか、オリハルコンくらい硬いメンタルをしている。

そして、フランシスはご機嫌なまま、クロエ嬢について語り始めた。

「クロエは野花のように可愛くて健気でね。義理の姉たちからいじめられても、姉の扇を奪い取って叩き返すような子なんだ」

（健気とは……？）

「とても勇気のある子で、授業をサボっていた僕を摘発したり」

（おい、サボるな……！）

「調理実習で生み出されたダークマターをもったいないからと言って完食したり」

（それ大丈夫……？）

「とにかく、とてもチャーミングで！　面白い女の子なんだよ！」

美しい思い出に浸るフランシスはどんどんヒートアップしていき、しまいには声と体をウキウキに弾ませて話してくれた。

彼がえらくクロエ嬢にご執心であることと、彼女がパワフルな女性であることは、十分に伝わってきた。

「そ……それで、そのクロエさんに好きになってもらいたいわけですね？」

「あぁ。僕がいくら口説いてもなびいてくれなくてね。もう、一時的でいいから惚れさせて、デートにでも持ち込んじゃおうかなって」

「おいおい！　俺は大好きな先生と半同棲してても、あらゆる欲に耐えて耐えて、自分の魅力で勝負してんの！　それをお前――」

ジルは本気の恋には口を出したくなったのか、眉根を寄せてフランシスに物申そうとした——のだが、そんなジルをリーニャが素早く止めた。

「ジル。お客様（ＶＩＰ）に失礼よ」

ジルの肩をむんずと掴むリーニャの手には、ありったけの力が籠もっていた。そして、ギラギラとしたリーニャの眼力にジルが逆らうことなどあり得なかった。

「そんな悪女な先生も好きだぜ」

ジルはニッと口の端を持ち上げた。実に教育の行き届いた弟子である。

「三日後にクロエに会う予定があってね。できれば直接城に届けてほしい」

「はーい！　承りました！」

依頼表に希望納期や報酬について記入したフランシスは、後ろ手に手を振りながら華麗に去っていった。

豪華な馬車が城へと戻っていく様子を見送ると、リーニャはやる気満々に薬の材料である薬草を庭に取りに行った。

ジルはその間にティーセットを片付け、リーニャの調薬道具をテーブルに並べて準備していたのだが——。

棚の奥で、薬のレシピがメモされたノートをうっかり見つけてしまった。子どもの頃に何度かリーニャがそれに書き込みを加えている姿を見たことがあったのだが、薬のレシピを教えてくれたことは一度もなかった。

リーニャはジルにたくさんの魔法の知識を授けてくれたが、薬の作り方だけは教えてくれなかったのだ。

ジル自身、教えてくれとせがんだことはない。

リーニャが調薬技術を自分だけのものにしていた理由は、子どもながらに察していたつもりだった。

(多分、自尊心を守るため……だったんだろうなぁ……。ずっとずっと、魔法のことでしんどい思いをして、努力を続けてきたけど報われなくて……。そんな先生が、たった数年で俺みたいなぽっと出のガキに追い抜かされたら悔しいもんな。先生は優しいから、そんな気持ち、一度も表に出さなかったけど……)

薬作りはリーニャが長い年月をかけて完成させた、彼女だけの魔法だ。彼女を大切に思う自分が、それを奪っていいわけがない——と、ジルは自分に言い聞かせ、静かにノートを棚に戻した。

(まぁ、惚れてくれたらどれだけ幸せかな~……とは思っちゃうけどさ)

もし、このノートを見て惚れ薬を作ることができたら。

そんな淡い妄想を首を振って打ち消すと、ジルは再び作業に戻ったのだった。

フランシスが帰ってから、数時間後。

店番をジルに任せ、リーニャが奥で黙々と惚れ薬を作っていると、二人目の依頼客が訪れた。

チョコレートを溶かしたような艶のある茶髪の可愛らしい少女だ。小綺麗な恰好なので、下級の貴族なのかもしれないと、リーニャが想像をしていると。

「あの……私、惚れ薬を作ってもらいたくて……」

聞き覚えのある依頼内容に、リーニャは思わず「えっ」と心の声を漏らしてしまった。

「流行ってんのかな、惚れ薬」

案内をしてきたジルはおどけた口調でそう言ったが、少女の本気度は高かった。

リーニャとジルは本日二度目のティーセットの用意をし、少女に紅茶とシフォンケーキを出したのだが、彼女はそれを一瞬でぺろりと平らげると、シリアスな表情で本題を切り出した。

「実は私、好きな人がいて、その人に惚れ薬を飲ませたいの！　あの人、いつも周りに女の子たちを侍らせて、全然私に振り向いてくれないから……！　既成事実を作ってしまおうかなって！」

（発想が怖い……!!）

リーニャは、キュートな少女の大胆な発想にギョッとせずにはいられなかった。これなら

「デートに持ち込んじゃおうかな」と言っていたフランシスの方が、何倍も可愛らしい。

リーニャがしばらく沈黙していると、少女は夢を見るかのようにうっとりとした声音で語り始めた。

「彼、顔もよくて、皆に優しいから、モテるのは仕方ないんです。私にも、毎秒ウィンクをしてくれるし」

（それ、ただのまばたき）

「すれ違いざまに顎クイをして」

（普通に迷惑……！）

「会話の中で一回は壁ドンしてきたり」

（むしろ、怖い……！）

「それで勘違いしない女なんて、いないでしょ⁉　トキメキ祭りでしょ⁉」

「あ～……まぁ、はい。そうですねぇ……」

そんなお祭りには、正直参加したくない。

リーニャは表情筋が攣りそうな心地のまま、硬い笑顔を作った。

彼の魅力をテンション高く訴える少女の姿には、なんだか既視感を覚えずにはいられなかった。

「あの……あなたの好きな人って……」

「フランシス殿下よ！」

周囲に愛を囁いて回るフランシスの姿が思い浮かび、リーニャはやっぱり～ッ！　と心の中で叫んだ。

ジルも隣で「ははは～。たしかにアイツ、そんな感じだわ」と苦笑いを浮かべていた。

（そりゃ、勘違い女子を量産するわよ。トキメキ祭りなんて開催してたら……）

リーニャは少女もその一人なのではないかと心配になり、ハラハラが止まらない。もしそうであれば、王子突殺《とっさつ》案件に発展し兼ねない。

だが、少女が家名を名乗ったことで、状況は変わった。

「私の実家……マイルズ男爵家は裕福な家じゃなくて……。だから私、学校でも浮いてたんだけど、彼だけは優しくて……」

「待って！　今、マイルズ男爵家って言いました⁉」

リーニャが前のめりで尋ねると、少女は驚いた様子で眉根を寄せ、「そうだけど」と言いながら頷いた。

「私はマイルズ男爵家のクロエっていうの」

（クロエ――――ッ!!）

リーニャは再び心の中で叫んだ。目の前の少女は、つい先ほどフランシスが話していた意中の人に間違いない。つまり、勘違い女子ではない。

「ジークルビア君、まさか私のこと覚えてないの？　魔法学校で同じクラスだったのに！」

「えーっ！　いや、名前は覚えてたよ？　でもクロエがあんまり美人になってたから、気が付かなかったぜー」

久々にクロエと再会したジルの口から出ているのは、呆れるほどの棒読み台詞だった。

これ以上ジルに喋らせてはいけないと思ったリーニャは、彼を指でつついて振り向かせると、小さな声で耳打ちをした。

「ジル……！　クロエさんって、フランシス殿下の意中の人じゃない！　これって両想いってやつでしょ？　二人は相思相愛よ！」

「っぽいなぁ。やれやれ、これだから恋愛音痴どもは……」

「ちょっと!?　目の前でいちゃつくのやめてくれる？　片想いしてる私への当てつけのつもり？」

二人でひそひそと話しているのが癇に障ったらしく、クロエは魔王のようなオーラを漲《みなぎ》らせてこちらを睨みつけていた。リーニャが「イチャイチャなんてしてませんっ！」と慌てて否定するも、まったく聞く耳を持ってくれない。

「だって、あなたがリーニャさんでしょ？　ジークルビア君の『愛しの先生』！　魔法学校であなたの名前を知らない生徒はいなかったわよ！」

クロエはすくっと立ち上がると、リーニャとジルをまとめて指差した。

当のジルは「へ？」と素っ頓狂な声を上げていたが、クロエは強めの口調でまくし立てる。

「ジークルビア君ってば、ずぅぅぅっとあなたの話しかしないんだもの！　成績トップを取れば、『先生が教えてくれたから当然だ』とか。好意を寄せてくる女子からの差し入れを食べれば、『先生が作るアップルパイの次に美味しい』だとか。白い雲を見れば『先生の髪みたい』だとか。羊を見れば『先生かと思った』とか……！　フリ方も最悪！　告白した女の子に『君が悪いんじゃないよ。君が先生じゃなかったってだけ』とか言って……！　卒業の頃には、『愛しの先生』はジークルビア君の闇のストレスが生み出した妄想彼女説が浮上してたくらいよ。もうほんっっとうに、頭がオカシイ人なのかなって思ってたわ！　しかも、フラれた女の子のケアをお優しいフランシス殿下がするんだもの。最終的に、皆が殿下に射止められちゃうんだから。私の敵が爆増よ！」

うわぁ……と、耳を塞ぎたくなる内容だった。

その爆増したクロエさんの敵たちが、我こそがフランシスの恋人だと思い込み、殺傷事件未遂が起きて、それをジルがフォローして……？

リーニャは、聞きながら頭がくらくらした。

「うちの弟子が申し訳ございません……！」

「おいおい！　なんで先生が謝んの？　俺、何も悪いことしてないってば」

体を折るようにして平謝りするリーニャをジルは止めようとしたが、これぱっかりは謝罪案件に違いなかった。故意でなくとも、愛の重たい弟子に育ててしまったのは、他でもないリーニャだ。

クロエは怒りを吐き出すと少し落ち着いたようで、ふぅと息をついて、椅子に深く座り直した。

「ま、妄想彼女じゃなくて、ちゃんと実在する人でよかったわよ。それに念願叶って一緒にお店まで出してるところを見てると、正直羨ましくなるわ。お二人さん、お似合いなんじゃない？」

「待って！　私とジルは……！」

恋仲のように勘違いされていると察したリーニャは、すぐに否定しようとした。だが、クロエは紅茶を一気に飲み干すと、椅子から立ち上がった。

「ご馳走様。じゃ、惚れ薬よろしくね？　三日後にフランシス殿下に会う予定があるから、納期はその日。もし間に合わなかったら、悪評垂れ流してあげるから～ッ‼」

とんでもない脅迫の言葉を添えて、クロエは嵐のように去っていった。

「お似合いだってさ。へへっ。あいつ、いい奴だな」

ジルはクロエの背中を見送りながら、にこにこと目尻を下げていた。

そんな能天気なジルをリーニャはじとっとした目で見上げ、「そう言いきっちゃうあんたが怖いわよ」と引き気味な声で言った。

「怖いよ、俺は。怖いくらい一途なんだよ。知らなかった？」

不意にジルが真剣な眼差しを向けてきたので、リーニャは思わずドキッとしてしまった。

だがそれは一瞬のこと。ジルはすぐに、いつも通りのへらへらとした態度に戻った。

「先生、俺が魔法学校で浮いてたんじゃないかとか、心配しちゃった？」

「べ、別に心配なんか……！」

へらへらとしているが、やはりジルはリーニャのことをよく見ていた。

リーニャには、ジルに聞けずじまいのことがあった。

（『学校は楽しかった？』……。ずっとそれが気がかりだった……）

機会に恵まれなかったリーニャにとって、学校は夢を育む憧れの場所だった。

だからこそ、ジルの将来を思って、彼をガルタン公爵家に託した。

しかし、もしその一番の目的が彼の苦痛になっていたら？

リーニャの憧れや願望を彼に押し付けてしまっただけだとしたら――、そう思うと、ますますジルに学校の思い出を尋ねられずにいたのだ。

「まぁ、クロエはああ言ってたけど、俺は楽しかったよ。友達もいたし、いい遊び場だった。先生のことを想いながら、ちゃーんと青春してたよ！　……ありがとね、先生。俺を学校に行かせてくれて」

「行かせてくれたのは、モンドールさんたちでしょ……っ。ていうか、学校は遊び場じゃないんだから……」

ジルに鋭いツッコミを入れたかったリーニャだが、声がくぐもって弱々しい言葉になってしまった。だが同時に、肩に乗っていた重い荷が下りたような晴れやかな心地がしていた。

リーニャはぐすんっと鼻をすすると、気持ちを切り替えるようにして拳を天に力強く掲げた。

「さぁ、両想いの二人には惚れ薬は不要だわ！　作るわよ！　ユグドラシロップを!!」

ミッドガルド王国とデモニア王国の国境に「森の聖域」と呼ばれる場所があった。

森の聖域の中心に天高くそびえる大樹こそが、世界の魔力の源――魔法樹ユグドラシル。

ユグドラシルは空や大地を魔法分子で潤し、はるか昔から、人や動物、植物に恩恵を与えていた。

その恵みを享受するものの中でも、亜人はユグドラシルの魔法分子を体内で魔力に変換し、魔法として放出することに優れている種族である。一説によると、より効率よく魔法を行使するために人間が進化した姿であるとも言われていた。

そして、ミッドガルド王国創設の時代のこと。

亜人は自分たちにこそユグドラシルは相応しいと主張し、それに異を唱えた人間たちは亜人の迫害と差別を始めた。

一部の亜人たちは北の大地で新しい国――デモニア王国を建国し、残された者たちは長きにわたり、家畜同然の奴隷生活を強いられた。

その後、亜人奴隷たちが解放を唱えて反乱を起こしたのが、わずか四十年前――「亜人の反乱」と呼ばれるミッドガルド王国史上最悪の出来事だった。

亜人の反乱は後のユグドラシル戦争の引き金となり、そこから十年にも及ぶ両国の戦いが続くことなるのだが、平和条約が結ばれた今もなお、胸に怨嗟の念を抱き続ける者も少なくない。

森の聖域に現れたこの男――王弟オリバー・ミッドガルドもその一人だった。

ゆったりと着心地のよさそうな魔導師の装束を纏っているが、痩せた体と飢えたような鋭い光を放つ碧眼が印象的だった。

オリバーは薄桃色の花びらを散らすユグドラシルを満足そうな表情で見上げ、ただ静かに目を細めていた。


三日後。ミッドガルド王城ローズガーデン――。

「可愛いメイドさん。果実酒ちょーだい♡」

華やかな礼装に身を包んだジルは、わざわざ遠くにいた亜人のメイドを笑顔で呼び止めた。

白色のふわふわとした髪と羊角が特徴的な亜人、つまりはリーニャである。

「ちょっとジル……！　あんたが来たら目立つでしょ。バレたらどうするのよ！」

「わざわざメイドのフリなんてしなくても、俺のパートナーとして堂々と参加したらよかったのに」

残念だと言わんばかりに口を尖らせるジルは、リーニャの被るメイドキャップをつんつんと指でつついた。じゃれているつもりのようだが、潜入中のリーニャにとっては大迷惑だ。

「だって、私に貴族のパーティなんて荷が重いもの。こっちの方が気楽だわ」

「礼儀も作法も気にしなくていいのに。ドレスアップした先生、見たかったなぁ」

ジルはぷいっとそっぽを向いたように見せかけて、素早くリーニャのメイドキャップをめくると、不意打ちのキスを右ツノに落とした。他の人から見えない角度での犯行とはいえ、リーニャにとっては困った営業妨害だ。

「は、ばかっ！　仕事中！」

ジルの濃い魔力を注がれてしまい、リーニャの頬はカッカと熱く火照っている。呼吸も熱っぽく乱れており、酔っ払ったように見えかねない。

「仕事の前にクビになったらどうしてくれるのよ！　あんたはこれでも飲んどきなさい！」

ぷんっと怒ったリーニャは、ジルにジュースのグラスを強引に押し付けた。

ジルは不満そうに「えー。これノンアル……」と不満を漏らしているが、そもそも仕事中に飲酒は厳禁だ。

「ちゃんとフランシス殿下に薬入りのドリンクを渡すのよ！　頼んだわよ！」

リーニャは一方的にジルに別れを告げると、再び会場の客の中に紛れていった。

今回、リーニャはジルとは別行動。お城のメイドに紛れ込み、クロエに接触することが目的だった。

（さすが、王子主催のガーデンパーティね。お金かかってそう……）

王家自慢のローズガーデンには、楽団の美しい演奏が響き、たくさんのご馳走やスイーツが並んでいる。招かれた貴族たちは、特別優雅なひと時を楽しんでいる様子だった。

美味しいものに目がないリーニャにとっては、目の毒が多すぎて困る。

（じゅるり……じゃない。ダメダメ！　仕事なんだから！）

クロエを捜してきょろきょろとしていると、ひと際多くの貴族に囲まれている初老の男性に目が留まった。

悠然とおおらかな笑みを浮かべている男性は、この国ではフランシス以上に顔の知れた人物――国王テオドール・ミッドガルドその人だった。

（ナマ国王、初めて見た……。あの人がデモニアと平和条約を結んだ賢王……）

優しそうな空気の下に武骨で豪快な気質が滲んでいるような印象がある。

リーニャは遠目にしげしげとテオドールを眺め、なんだか御利益がありそうなのでこっそりと両手を合わせて拝んでおいた。

彼は今でこそ亜人親和の穏健派だが、現役騎士だった頃は数々の死線をくぐってきたのだと耳にしたことがある――に、しても。

（フランシス殿下と似てないなぁ）

優美でキラキラとしているフランシスの姿を思い浮かべ、リーニャは首を捻った。男らしい国王の要素は、ほとんど遺伝していない気がする。母親似なのだろうか。

というか、しょっちゅう人を惚れさせて刺されかける息子のことをいったいどう思っているのか、一度パパ王に尋ねてみたいものだ。

リーニャがやれやれと小さく肩を竦めながら、トレイを持ち直していると――。

「邪魔だ」

寒気を覚えるような低い声と黒い影が頭上から落ちてきたかと思うと、濃紺の長い髪と眼鏡が特徴的な男性がリーニャのすぐそばに立っていた。

冷ややかな半眼で見下ろされ、リーニャはその場に立ち竦んだ。

男性からは殺意に似た感情が滲んでおり、こちらが下手な口を利けば一瞬で喉を掻き切られるような恐ろしい想像が、リーニャの脳裏をよぎった。

「……も、申し訳……ございません……」

リーニャがなんとか声を搾り出すことができたのは、すでに男性がパーティ会場の人混みに溶け込んでいった後だった。

リーニャはどっと疲れを感じながら、安堵の息を漏らした。

こっそり男性を目で追うと、重役らしき貴族から「オリバー様！」と声を掛けられているのが見えた。

オリバーと呼ばれたその男は、ジルから「あいつには近寄るな」と事前に注意を受けていた人物だった。

（うぅ……。近寄るなって言われても、気付いたらいたんですけど……）

オリバー・ミッドガルドといえば、テオドール王の弟。そして、ユグドラシル戦争で活躍した元魔導将軍だ。ジルが魔導公爵と呼ばれるようになるまでは、王国一の魔導師の名をほしいままにしていた人物だが、今は魔科学の研究に精を出していると聞く。

そしてジルによると、オリバーは大の亜人嫌いらしい。

(すごく怖い目で睨まれたのは、私が亜人だからよね……。テオドール王は亜人親和政策を進めているけど、王弟殿下は納得していないいって感じかしら……)

リーニャは呼吸を整えながら、無事に繋がっている首を手で撫でた。

(大丈夫。何かされたわけじゃない。私はクロエさんに会わないと!)

リーニャがクロエを、ジルがフランシスを捜している理由は、二人にユグドラシロップを飲ませるためだ。

ユグドラシロップとは、リーニャが開発した液体薬。高級素材である魔法樹ユグドラシルの花が原料で、飲んだ者の魔力を一時的に大きく底上げする効力がある。

昨日はその効果を確認するために、ジルが試しに薬を飲むこととなった。

ジルは「魔力アップさせてどうすんの?」と不思議そうに首を傾げていたが、効果はすぐに明らかとなった。

ジルがリーニャと見つめ合うと、「肉肉肉……今夜は分厚いお肉が食べたいなァ……♡」というリーニャの食欲丸出しの心の声が聞こえたのだ。

ユグドラシロップには、魔力増大による五感強化の力がある。その影響で目が合った相手の本音まで聞き取ることができるという、リーニャ自慢の秘伝薬だ。

これをフランシスとクロエに飲ませれば、あら不思議！　相手が自分のことを愛しているという、普段は隠している本音を知ることができ、二人は両想いであることに気が付くという寸法だ。

正直に「相手の心の声が聞こえる薬」として渡そうかとも考えたが、片想いだと思い込んでいる相手の本心を知ることは、自らとどめを刺されに行くのと同じことだ。惚れ薬に頼ろうとするフランシスとクロエが素直に使おうとするとは思えない。なので、二人にはユグドラシロップを魅了魔法が発動する薬であると偽って渡す予定だ。

「リーニャさん！　こっちこっち！」

パーティ会場を歩いていると、不意にクロエの声が聞こえた。初めは声の出どころが分からず、しばらく挙動不審な動きをしてしまったが、小声で何度も呼ばれるうちに、リーニャはようやく薔薇の木の陰に潜むクロエを見つけることができた。

怪しい。せっかく綺麗なドレス姿だというのに、すごく怪しいご令嬢だ。

「待ってたわよ。例のブツは？」

（ブツって……）

「これは〝魅了薬〟よ。あなたが王子の目の前で飲めば、魅了魔法で彼を虜にすることができるわ！」

「惚れさせる薬ってことね。ありがと！　報酬は出世払いでどーんっと弾むわ！　楽しみにしておいて」

「あはは……。よろしくお願いします」

リーニャがユグドラシロップ入りのドリンクグラスを手渡すと、クロエは喜色満面の笑みを浮かべた。

王妃になる気満々のクロエの逞しさには感服せざるを得ないと思うリーニャだったが、ふっと彼女の顔は切なげに曇った。

「汚い女だと思う？　薬に頼って、殿下の心を手に入れようとしてるんだもの……」

クロエも十代の少女だ。さすがに罪悪感を覚えるらしい。

（多分、フランシス殿下は罪悪感すら抱いてない気がする……なんて言えないけど……）

「私ね、自分に自信がないの。男爵家に生まれたけど、没落寸前の貧乏貴族だし。勉強ばっかりして、お洒落なんてしたことなくて……。あなたみたいに美人じゃないし、お店を開くような度胸も賢さもないんだもの。こんな手を使うしか――」

儚げな表情で地面に視線を落とし、クロエはリーニャの「そんなことないですよ！」などの否定の言葉を待っているふうだった――が、数秒経ってもリーニャは黙ったままだった。

クロエが顔を上げると、リーニャは謎のによによ顔になっていた。

「何⁉　変な顔してる⁉」

「い、今褒めてたのって、私のことなのかなって……」

リーニャは、もじもじそわそわと落ち着かない。

クロエは綺麗な眉根を寄せて、「そうだけど？」と不思議生物を見るかのような眼差しをリーニャに向けている。

「私、亜人だし、ツノも折れてるのに？」

「それが何？　見た目が違うのは、人間どうしだって同じじゃない。ツノが生えていようが、折れていようが、そんなのどうでもいいわ。……私はあなたが羨ましい。大切な人がそばにいて、夢に寄り添ってくれることなんて、なかなかないわよ。私だって殿下とそうなりたい…………。…………。…………ちょっと！　なんとか言ってよ！」

再びの沈黙にぷりぷりと怒った声を上げるクロエだったが、やはりリーニャの様子はおかしなままだった。

「ご……ごめんなさい。私、誰かに褒められたり、羨ましがられたりすることに慣れてなくて……」

リーニャの奇妙なリアクションは、照れていただけだった。

そのことが分かったクロエは、少しほっとしたように肩を下ろした。

「でもあなた、ジークルビア君に『可愛い可愛い』って散々言われてるんじゃないの？」

「ジルのは挨拶代わりなのかなって……」

「ふぅん。言葉が軽くなって聞こえてるのかもしれないけど、彼、他の子にはそんなこと絶対言わないから。ちょっとくらい真に受けてあげてもいいと思うわよ？」

クロエはさらりとそう口にしたが、彼女の言葉はリーニャの中に留まっていた。胸の奥がぽかぽかするような、むずむずするような、そんな感覚が込み上げてきていた。

「そうなのかしら……」


薔薇色に染まった頬の赤みが引かず、むにむにと頬を手でこねくり回している、そんなリーニャの姿を遠くからオペラグラスで観察していた公爵がいた。

怪しいその公爵の正体は、常にリーニャのことを視界に入れておきたい男、ジルだった。

(クロエと仲良くなってる？　何話してんだろ)

リーニャに友達ができたら嬉しいが、自分より親しくなられるのは嫌だという複雑な恋心である。

ジルはリーニャがクロエに例のドリンクを渡したことを確認すると、両手にグラスを持って、フランシス目掛けて急いで移動を始めた。

フランシスに渡すつもりのグラスは、一見すると普通のジュースにしか見えない。昨日試飲したユグドラシロップはたいそう苦かったが、透明で無臭なので違和感を抱かれることはまずないはずだ。

その苦さと不味さを思い出すとジルの眉間には自然に皺が寄ってしまうのだが、昨日はそれ以上に気になったことがあった。

ジルが、ユグドラシロップをリーニャにも飲んでほしいと頼んだ時だった。

ジルは「俺すっごいこと考えるから、心の声聞いて当てて！」とわくわくしながらリーニャにそう告げた。予定では、リーニャとのラブラブ新婚生活を妄想するはずだった。

だが彼女はいつもの強気な態度を潜ませて、「私、ユグドラシロップに耐性ができちゃってるから」と切なそうに微笑んだのだった。

その言葉の意味をジルは想像し、唇をぎゅっと引き結んだ。

魔力を作ることができない亜人――。望まずにそう生まれてしまったリーニャが、明るい人生を取り戻そうとした日々は、決して平穏なものではなかったはずだ。

（あれって、シロップ使いすぎて効かなくなったって意味だよな。自分で試すにしても、やりすぎだろ。相手の気持ちが分かるって効用も、『角折れ』で疎まれてた先生にはキツイことの方が多かっただろうし……それだけ魔力が欲しかったんだろうなぁ……）

店に帰ったら、美味しいものいっぱい食べさせてあげよ……と、ジルがリーニャへの慈愛を募らせていると――。

キラキラキラ……。

前方の人だかりから煌めくオーラを放つ人物を発見し、ジルは足を止めた。

「フランシス！　ちょっといいか？」

「やぁ、ジークルビア！　今行くよ」

ジルの姿を認めると、フランシスは取り巻きのご令嬢たちの輪から、するすると笑顔で抜け出してきた。

さすがにご令嬢たちも、相手がジルであれば一歩引いてくれるらしい。「邪魔するな！」と刺されなくて一安心だ。まぁ、こんなふうに女性たちに囲まれているから、クロエが気を揉むのだと言ってやりたくなるが、今は我慢だ。

「……例のモノはできているかい？」

「開口一番それかよ」

小声で囁かれた内容に呆れながら、ジルは右手に持っていたグラスをフランシスに手渡した。

「ご依頼の品はこちらですよ、王子様。これをお前がクロエ嬢の目の前で飲めば、魅了魔法炸裂からの、彼女はお前にメロメロだ」

「ありがとう。君のおかげで国の未来は明るいよ。乾杯しようか」

「やめとく。腹黒王子がよく言うぜ」

「愛は人を狂わす。違うかい？」

爽やかな笑みを崩さないフランシスは、ある意味国王に向いているのかもしれない。

ジルは友人のしたたかな後ろ姿を黙って見送った。

そして、パーティ会場の真ん中で、ついにフランシスとクロエが薬入りのグラスを持って邂逅を遂げた。

「今日も可憐だね。ローズガーデンに咲く一輪の向日葵とは君のことだよ、クロエ。その美しい瞳で、ドリンクを飲む僕を見つめてくれるかい？」

「まぁ！　今日も一段と歯の浮くような台詞ですね。糖分がジャリジャリで喉が渇きます。今から私がこのドリンクを飲みますので、殿下は黙って見ていらしてくださいな」

グラスを持って向かい合う二人の間に奇妙な空気が流れた。

その場には静かな空気が流れているというのに、二人の双眼は一秒でも早く意中の相手の前で魅了薬を飲み干したい！　という気持ちでギラギラとした光を放っている。

「言い出したのは僕が先だから、君は待っていてくれるかい？」

「レディファーストという言葉をご存じありません？　私、レディです」

（怖っ！　決闘かよ！）

笑顔の下の野心もとい下心が透けて見えるのはジルだけだったが、あまりに必死すぎて笑顔で睨み合う二人が怖い。

その後も、

「いやいや。先陣は僕が努めよう。男だからね」

「その発言はどうかと思います。時代は男女平等ですが？」

「君がレディファーストと言ったんじゃないか」

「差別と合理的区別は違うんですよ」

「それが分からない僕だと？」

（な、なんかディベートみたいになってきた……）

言論による殴り合いでも始まりそうなバッチバチな空気を濃くしていく学友たち。ハラハラする心臓に耐えられなくなったジルは、ついに二人の間に割って入ることにした。

「おいおーい。なんで険悪になってんだよ。どっちが先に飲んだって大丈夫なんだから、せーので飲めば？」

ジルの提案を「そうだね。そうしよう」、「分かりました」と承諾したフランシスとクロエは力強く頷くと、互いの様子を窺いながら、豪快にドリンクを飲み干した。

（はぁぁ……。やっと飲んだか……）

気疲れしてしまったジルは、喉がすっかりカラカラになっていた。これで今日の仕事は終わりかなぁと、自分のグラスに口をつけると——。

「苦っっっっ‼」

苦悶の声を上げたのは、クロエとジルだった。

ジルは「おえぇぇぇ……」と喉を手で庇いながら、瞬時に自分がやらかしてしまったことに気が付いた。やばい……と、青い顔でクロエとフランシスの方に視線を移す。

「殿下……」

「クロエ。飲み物の味のことなんて忘れて、さぁさぁ、僕の顔を見ておくれ」

クロエが潤んだ瞳でフランシスを見つめ、フランシスもまた、彼女のことを見つめていた。

そして、二人の距離はじりじりと近付き——。

「殿下アッ！　惚れ薬を盛るなんて、最低です！」

ドゴゥッと鈍い音がパーティ会場に響いたかと思うと、フランシスが「ぐふぅっ！」と王子らしからぬ呻き声を上げて、地面に這いつくばった。

フランシスの尻に炸裂したのだ、クロエの回し蹴りが。

「フランシ――スッ！」

「うぅ……ジークルビア、なぜこんなことに……」

駆け寄って助け起こすと、フランシスは尻を痛そうにさすりながらジルを見上げてきた。そしてぱちりと目が合うと、ジルの頭に直接フランシスの心の声が流れ込んできた。

（僕は魅了薬を飲んだはずなのに、なぜお尻を蹴られる羽目に……。いや、意外と悪くなかったんだけどね。むしろ、新しい扉を開いてしまいそうな感じが……）

「げぇっ！　やっぱり！」

地面に転がるフランシスのグラスと自分のグラスを見比べ、ジルは顔を引き攣らせた。

ジルのグラスの裏には、「ふらんしす用」と、丸っこいリーニャの字が書いてあった。

（やっべ！　俺がユグドラシロップ飲んじまった!!　ってことは、クロエは予定通り――）

ジルがおそるおそる振り返ると、目を吊り上げているクロエと視線がかち合った。

（ジークルビア君がこっち見てるわ。きっと私のこと野蛮とか思ってるのよ。でも仕方ないじゃない！　殿下が魅了薬なんて飲むんだもの。倫理観どうなってるのよ！）

（お前が言うな！）

（うそ!?　私の心読んでるし！　っていうか、会話してるし！　私たちってエスパー？）

（違うから安心しろ）

心の声で会話ができてしまうほどの薬の威力には、心底驚かされる。だが、作戦が失敗に終わってしまった今は、それどころではなかった。

「くそーっ！　とりあえず早く立て、フランシス。大事になると困る」

ジルはなぜか痛みに浸って動こうとしないフランシスに、大慌てで治癒魔法を施した。

しかし、すでに悪目立ちしすぎていた。

「衛兵！　王子フランシスに暴行をはたらいたガルタン公爵とマイルズ男爵令嬢を捕らえよ！」

「な……っ！」

一部始終を見ていたらしい王弟オリバーが衛兵たちに速やかに命じると、ジルたち三人はあっという間に屈強な衛兵たちに取り囲まれてしまった。袋のネズミ状態である。体格のいい衛兵たちの無言の圧力に、ジルはチッと小さく舌打ちした。

「おいおい。フランシス、誤解だって言ってくれ。暴行罪はクロエだけだろ？」

「嫌だわ、ジークルビア君！　きっとあなたが変な薬を仕込んだからだわ！」

「伯父上！　騒ぎ立てるほどのことではありません。兵をお下げください」

周囲の貴族たちがざわつく中、フランシスはよろよろと立ち上がりながら叫んだ。

しかし、オリバーは嘲笑を浮かべて言った。

「フランシス。少しは自分の立場を理解した方がいい。お前は次期国王なのだから、友人はよく考えて選ぶべきだ」

（ずいぶん嫌味な言い方してくれるな！）

ジルはむかっ腹を抑え込み、「王弟サマ。俺の目、見ろよ」と挑発的な口調でオリバーを睨みつけた。

「なんだね、ガルタン公爵」

怪訝そうなオリバーと視線が重なり、彼の心の声がジルに流れ込んできた。

（私を玉座から遠ざけたフランシスが憎い……。私が王になれば、この国は正しい方向に歩み直せるというのに……。この際だ。ヤツの信奉者を檻の中に放り込んでくれる……！）

「ふぅ～ん？　信奉者っていうか、ただのダチなんですけど？」

売られた喧嘩は言い値で買うぜ、である。

大人しく牢にぶち込まれる気など毛頭ないジルは、まずは衛兵たちの武器をピコピコハンマーにでも変えてやろうかと、指をパチンッと鳴らそうとしたのだが――。

「おっとっと～～～!!」

女性の間の抜けた声がローズガーデンに響き渡り、皆が何事かとそちらに体を向けた。

なんと特大のケーキ皿を抱えたリーニャが、ふらふらとした足取りで現れたのだ。

「うわ～っ！　皆、どいてどいてぇぇっ！」

大きなケーキのせいで前が見えない様子のリーニャは、皿をぐらぐらと揺らしながらこちらに向かって突っ込んでくる。

驚いた衛兵たちは慌てて道を空け、ジルもフランシスとクロエの首根っこを掴んで、傾くケーキをひらりとかわした。

そして、まずはジルからオリバーへの贈り物。

ジルは瞬間的にオリバーの靴と地面を接着魔法でくっつけた。あとは、お察しの通り――。

「あ～れ～～～、ケーキが～～～っ！」

「ふぐぅっ!!」

リーニャがわざとらしくすっ転んでみせると、ケーキはべしゃぁぁんっと大きな音を立ててオリバーの頭に派手に滑り落ちたのだった。

オリバーは体中が白いクリームでべっとり。数秒間は唖然として言葉を失っていたが、すぐにわなわなと唇を震わせ、パーティ会場に怒号を響き渡らせた。

「亜人のメイド!!　何をするぅぅッ!!」

「え？　ハッピーバースデー☆　オリバー様」

悪びれないリーニャのウィンクが炸裂し、それを見ていたジルが「はうっ」と胸を押さえてよろめいた――が、当のオリバーは怒り心頭の様子だった。

「ふざけるな！　今日は私の誕生日などでは――」

「へぇ！　今日ってオリバー様の誕生日なんですねーッ！　おめでとうございまァすッ!!」

その作戦乗ったと言わんばかりにジルが声を大きく弾ませ、指をパッチンと鳴らした。

すると、魔法で作られたクラッカーがパンパンと楽しげな音を立てて弾け、花火がバンバンと華やかに打ち上げられ、シャンパンのコルクがぽんぽんとひとりでに抜け出し、会場は一気に祝福モードになった。

会場の貴族たちもこの騒ぎに気が付くと、「オリバー様の誕生日?」「このパーティって誕生日会だったのか？」「お祝いして差し上げないと」と、無駄にざわつき始めた。

「違う！　誰が誕生日なものか！　衛兵！　動け、衛兵！」

オリバーが必死に命令を叫んでいるが、賑やかな会場の騒音にすっかり呑み込まれてしまっていた。

ジルは「最高のパーティだな！」と腹を抱えながら、「本日の主役です」と書かれたタスキと浮かれたパーティ帽子をオリバーに追加でプレゼントしていたのだが、駆け寄ってきたリーニャに「ジル！　今のうちよ！」と促されて悪戯をやめた。

「りょーかいっ！　逃げるとしますか！」

ジルは魔法の杖を召喚すると、自分を中心にサッと転移魔法を展開した。ジルとリーニャ、フランシスをお姫様抱っこしたクロエが魔法陣の光に包まれ、四人は姿を消した。

後にフランシスに聞いた話によると、オリバーの誕生日は半年後だったらしい。


無事に【キャンディハウス】に戻ってきたジルとリーニャは、フランシスとクロエを見送った後、ダイニングでくつろいでいた。

よく見えないが、リーニャはキッチンで何か作業をしているようだった。紅茶でも淹れているのだろうかと、ジルはのんびりと彼女の背中に話しかけた。

「先生が割り込んでくれなかったら、王弟を消し炭にするとこだったよ。ありがと」

「物騒なこと言わないで。王族に睨まれるなんてごめんだわ」

「ははっ。すでに睨まれてんだけどね。フランシスが生まれて、オリバーの王位継承順位が下がって、そんで俺が国一番の魔導師の座を奪ったもんだから、フランシスと俺はセットで嫌われてんの」

（……まぁ、それだけじゃなくて、あのオッサン、【キャンディハウス】が気に食わねんだろうな）

オリバーが亜人という種族に対して抱いているものは、憎悪の念だ。

表向き、オリバーは兄王テオドールの亜人親和政策に賛同しているが、腹の底は異なるのだと、以前フランシスが聞かせてくれた。だから、亜人のリーニャと店を始めたジルのことを輪をかけて嫌っているのだと。

「まー、今回のことに限っては、フランシスに死ぬ気で火消しさせるから大丈夫だよ。あれでも一応王子だし」

ジルはリーニャの背中に語りかけながら、ふっと窓の外に視線を向けた。

なんだかんだで両想いであることが分かった二人は、笑い合いながら帰っているように見えたが、不意にクロエがフランシスの尻を蹴り上げた。フランシスがでれでれとした表情を浮かべているので、喧嘩ではないようだ。もしかしたら特殊なご褒美を享受しているのかもしれないが、いろんな意味で心配になる。

（俺だって、惚れ薬なんかなくても大丈夫だよな。先生の心は自分の力で掴まないと……って、あれ？）

なんだかリーニャの様子がおかしいことに気が付いたのは、彼女の体が不安定にぐらついたからだ。

「先生、大丈夫？」

「あ、ちょっと寒気がしちゃって。念のために風邪薬飲んどこうかなって」

テーブルに手を突いて振り返ったリーニャの顔は、ほのかな桃色に染まっていた。熱があるのかもしれない。なんだかふわふわとした雰囲気だ。

「ユグドラシルの根から作ったのよ。これも大安売りしてたの。高級品なのに、不思議よね。私、花から作るシロップには耐性ができちゃってるけど、まだ根の恩恵は受けれるのよ？　体がぽかぽかになるんだから！」

熱のせいでハイになっているのか、リーニャは普段よりも饒舌に語った。誇らしげに空の瓶をジルに向かって突き出すと、また体がぐらりと揺れた。

「薬の説明は元気になってから聞くから！　早く寝た方がいいって」

世話が焼けて可愛い師匠だ。

そう思いながら、ジルはふらつくリーニャの体を支えようとしたのだが。

「ひゃ……っ！」

ジルの手が肩に触れた瞬間、リーニャはびくんっと体を跳ねさせた。

ジルは驚いて「えっ、ごめん！」と謝りながら、椅子にリーニャを座らせた。

そして直後、自分を見上げてきたリーニャの顔を見て、思わず言葉を失ってしまった。

「ジル……」

リーニャの琥珀色の瞳は切なそうに潤み、とろんとしている。頬は先ほどよりも赤みが増し、艶やかな唇はもの言いたげに噛み締められていた。

（か、可愛い!!）

「ごめん……なんだかドキドキしちゃって……。きっと熱のせいね」

リーニャは火照った顔をほころばせ、おもむろに手に持っていた空き瓶をテーブルに置いた。

その空き瓶が、衝撃の事実をジルに伝えていた。

（これって、惚れ薬の瓶じゃ……!?）

三日前、フランシスから注文を受けて作っていた惚れ薬の瓶——に見える。

薬瓶は量産型のものを使っているので、ラベルを貼らなければ見分けがつかないのだが、たしかリーニャは少し前にラベルを切らしていると言っていた気がする。

もし、リーニャが風邪薬と惚れ薬を間違えて飲んでしまったとしたら——。

（先生は今、俺に惚れて……？）

見たことのないリーニャの艶っぽい表情は、惚れ薬のせいに違いない。

しかしそうだと分かっていても、ジルの心臓はバクバクと高鳴るのをやめず、目はリーニャから逸らすことができなかった。そして、リーニャが自分を見つめ返してくれることが嬉しかった。

（嬉しい……嬉しいんだけど……いやいやダメだ！　ここで我慢しないと、後で先生に怒られ

るぞー。嫌われちゃうぞー）

よこしまな心を奥底へと押し込めることに必死なジルは、激怒するリーニャを想像して理性を保とうとした。天井を見上げ、「破門されたくないもんね」と懸命に自分に言い聞かせた

――のだが。

「あのね……クロエさんが、ジルは他の子には『可愛い』なんて言わないって……。もっと私への言葉を真に受けてもいいって言ってたの。それ……本当？」

もじもじと恥ずかしそうにしながら尋ねてくる、リーニャの破壊力たるや。

「ぐはぁッ!!」

ジルは胸を手で押さえてよろけてしまった。一瞬心臓が破裂してしまったのかと、本気で錯覚したほどだった。

それでもなんとか踏みとどまり、ジルは「先生はいっつも可愛いよ。俺、ホントのことしか言わないよ」と平常を装って答えた。

「そっか……。嬉しい」

（その顔反則ゥッ！）

今度はにこりと控えめな笑顔のリーニャに心臓を射抜かれ、ジルはごろごろと床をのたうち回った。自制心と感情は爆発寸前だ。

（やばい……やばいやばい……！　語彙力なくす可愛さ……ッ！　いつもとのギャップがたまらん!!）

「ごめん、先生……。これ以上は勘弁――」

「ジル、床に寝転んだらダメよ。ベッド……一緒に行く？」

「べっど……？」

床を転がっていたジルの前にしゃがみ込むリーニャは、首を可愛らしく傾げて微笑んでいた。

一方、ジルの思考は宇宙の彼方にまで飛んでいた。

「ベッドって寝るための？　二階にあるやつ？」

「そうよ？」

リーニャに腕を取られて体を起こしたジルは、いやいやいやーと首を横に振った。

破廉恥な意味に捉えてしまう自分の方が悪い。いや、誘うような言い方をしてくるリーニャにもひと言、ちゃんと言っておかなければ――。

「先生、ダメだよ。男を勘違いさせるようなこと言ったら」

「あれ？　失敗しちゃった？　勘違いさせちゃおうかなって思ったのにな」

「んんんんッ！　小悪魔リーニャたんかよッ!!」

床から飛び起きたジルに、リーニャはすりりと体を寄せてきた。ジルは大好きな彼女を拒むことができず、息も絶え絶えだった。

あの惚れ薬が、ここまで人を大胆にさせてしまうなんて。

そばにいたのが俺でよかった、いや俺はよくないんだけどと、ジルはぐるぐると目を回しながら、リーニャの肩をふんわりと抱きしめた。

リーニャの柔らかい髪からは、ジルがプレゼントした香油の香りがする。心地よい花の香りだ。すべすべとした白い肌は、薬のせいで火照っているのかとても熱く、軽く触れただけでとても気持ちがよい。

ジルの胸は、ぎゅんと締め付けられた。リーニャにもっと触れたかった。

幼い頃は敬愛の情、数年経つ頃には恋慕の情に変わっていた彼女への気持ちは、時が重なると共にずっと深いものになっていた。誰にも触らせたくない、自分だけのリーニャなのだという独占心に気が付いてからは、それを隠すこともなくなった。

だが、リーニャはジルのことをいつまでも弟子として扱う。

離れている七年の間にジルは大人になり、一人の男としてずっとリーニャを想い続けていたというのに、再会しても彼女は一向に振り向いてくれなかった。

ジルはいつも笑顔で愛を囁き続けていたが、まるで寂しいと思わなかったわけではない。リーニャをどうにかして自分のもとに繋ぎ留めようとする必死な自分も嫌いだったし、彼女から「弟子だから」と一線を引かれ続けることもつらかった。片想いは苦しかった。

(道化みたいに振る舞ったって、その苦しさがなくなるわけじゃないんだよな……)

胸が詰まる思いのジルは、目の奥が熱くなるのを堪えながらリーニャの頬にそっと触れた。

少しだけ……少しだけだと言い聞かせて。

「ごめん、後でめちゃくちゃ説教してくれていいから……ちょっとだけ、『いい弟子』やめさせて……。先生もさ、今だけでも俺のリーニャになってよ……」

ジルはリーニャの肩を強く抱きしめた。

リーニャの火照った体が心地よかった。自分が彼女の指の先から髪の一本一本までを愛し尽くし、眠る間も与えずに甘やかすことができたなら――。

「ジル……」

リーニャのすがるような声がジルの理性を溶かしていく。

「好きだよ、リーニャ」

愛おしさを抑えきれなくなったジルは、リーニャの右ツノにふんわりと優しいキスを落とし――、過剰極まりない魔力がリーニャという器を盛大に沸騰させた。

「ぴぎゃっ！！！！」

謎の生き物のような声を上げて倒れたのはリーニャである。

つい一秒前までは色っぽい空気を纏っていたというのに、すっかり顔は茹で蛸のように真っ赤に、ツノからはふしゅぅぅ……と白い湯気が立ち昇り、目はぐるぐると回っている。

「わ――っ！　ごめん、先生！　ついテンションが上がりすぎて……！」

いい雰囲気など一瞬で吹き飛んでしまい、ジルは大慌てでリーニャを抱えてベッドに連れていったのだった。

第四章　魔法樹教会にようこそ

「ここが魔法樹教会の聖堂か……」

ロゼットは狼耳をぴくぴくと動かしながら、荘厳な空気の漂う建物内を見回した。

大樹の葉を表す深い緑色と、大地を表す金色の装飾が至る所に施された聖堂からは、まだ真新しさが感じられる。

しかし、建てられて間もないにもかかわらず、信者としてそこに集う亜人の数はとても多かった。

「何か手掛かりがあればいいが……。おい、リーニャ！　いい加減にしろ」

ロゼットが鋭利な歯を剥いて叱咤した理由は、リーニャの様子がおかしかったからだ。

「だって！　だって……」

声を張ったかと思いきや、恥ずかしそうに顔を赤らめてもじもじとしてしまう。リーニャは数日前からそんな感じで、特にジルとまともに顔を合わせることすらできていなかった。

「何があったか知らねぇが、気まずいからといって俺を間に挟むんじゃねぇ。迷惑だ」

「って言いながら、付いてきてくれてるじゃない」

「お前がジル様を避けるから、俺が命じられて護衛をやってんだ。なぜ、あの方から逃げる？」

リーニャは数日前のことを改めて思い出すと、「い……言えないです……」と恥ずかしそうに俯いた。

（言えない！　言えるわけない！　自分が作った薬を誤飲して、弟子を誘惑したなんて!!　恥ずかしくて消えたい!!　師匠の面目丸潰れよ!!）

リーニャは両手で顔を覆い、表情を読み取られまいと必死に隠していた。こんな顔、とてもではないが公衆の場に晒せるものではない。

（それに――）

リーニャの誘惑に耐えるジルの顔や、彼の切なそうな瞳、「好きだよ」という真剣みを帯びた声がおぼろげな記憶に残っている。

いつもは軽いジルの愛の言葉が、あの時から今になるまで、とても重く心に響いていた。

（あんなに真剣な顔のジル、初めて見た……）

惚れ薬の効力はとっくに切れているというのに、ジルのことを思うと顔がカッカと熱くなってしまう。リーニャは本当に風邪でもひいただろうかと疑いたくなっていた。

「おい、黙るな」

再びぽーっとしかけていたリーニャの意識を現実に引き戻してくれたロゼットは、すっかりしかめ面になっていた。

リーニャは慌てて謝ると、いそいそと聖堂の空席を探し、信者たちに紛れるようにして長椅子に腰を下ろした。

リーニャとロゼットは、魔法樹教会に行方不明の女性を捜しに来ていた。

昨日、【キャンディハウス】を猫の亜人の少女が訪れ、消息不明の姉レベッカを捜してほしいと依頼した。

どうやらレベッカは魔法樹教会に行ったきり行方が分からなくなったそうで、リーニャたちは手掛かりを求めてここにやって来たのだ。

魔法樹教はデモニア王国で広く信仰されており、その名の通り、魔法樹ユグドラシルを崇拝している。ユグドラシルを全能な神樹として崇め、その前では皆平等であるという教えが基本だ。

デモニア王国と和平を結び、移民を積極的に受け入れる姿勢のテオドール王は、自国での魔法樹教会設立を提案したのだが、亜人の宗教を受け入れることをよく思わない貴族たちの反対により、長年計画は実現されなかった。

そんな中、なんと王弟オリバーが設立案を強く支持したことで、亜人を毛嫌いしていた諸侯たちも渋々首を縦に振り、昨年ようやく魔法樹教会ミッドガルド支部の設立が叶った。亜人嫌いのオリバーの意図は謎だが、その教会というのがこの場所だ。

今ではミッドガルド王国で暮らすたくさんの亜人たちが教会を訪れ、毎日ユグドラシルに祈りを捧げているらしい。

「魔法樹教を心の支えにしてる亜人は多いものね。そりゃあ、こぞって礼拝しに来るわけだわ」

「他人事って感じだな」

「だって、ユグドラシルが私を助けてくれたことなんて一度もないから」

礼拝が始まるのを待ちながら、リーニャはなんでもないことのように語った。

だが、いくら他人事のように話しても、ユグドラシルの恩恵を受ける亜人に含まれない疎外された人生を歩んできた自分の痛みが消えることはない。

ロゼットは黙ってリーニャの折れた右ツノを見つめると、「まぁ、俺も似たようなもんだ」とおもむろに口を開いた。

「拷問部屋に神など来なかった。……他人の信仰を否定する気はないが、俺にとって信ずべき存在は、モンドール様やパルア様、そしてジル様だからな」

「いいと思う。私はそういう考え方の方が好き」

「そうか。それは光栄だな」

ロゼットの険しかった表情が少しだけ緩み、リーニャも釣られて目尻を下げた。

「前から思ってたけど、ロゼットってガルタン家の人たちのこと、すっごく好きよね。いつも楽しそうに話すもの」

「自覚はある。モンドール様たちに恩を返そうとして仕えているはずなんだが、あの屋敷にいればいるほど、恩が積み重なってしまって困る。この分なら、ジル様のお子に仕える必要も出てくるだろうな」

「ジルの子⁉」

厳かな聖堂でひそひそと会話をしていたはずが、リーニャはうっかり素っ頓狂な声を響かせてしまった。周囲の信者たちから怪訝な目を向けられ、慌てて口を手で塞いだものの、一度出てしまった声は引っ込むわけがなかった。

リーニャは恥ずかしくなって身を縮こまらせながら、ロゼットに問い掛ける。

「ジルって子どもがいたの⁉　隠し子⁉」

「阿呆。未来の話だ。お前とジル様が結婚した先の」

「わわわ私とジルが結婚……っ⁉」

ぶわぁぁぁっと耳まで真っ赤になり、動揺を隠せないリーニャはロゼットを丸めた拳でぽかすかと殴った。惚れ薬の件もあり、ただならない心情である。

「何言ってるのよ！　私はジルの師匠よ！　それに最近急にスキンシップが恥ずかしくなっちゃったし、声が聞こえただけで胸が痛くなっちゃうし、あんなかっこいい顔まともに見れないし、だから私逃げ出しちゃうし……！　こんな状況で、私とジルがどうこうなるわけが――」

「『好き避け』じゃねぇのか、それは」

早口でまくし立てるリーニャに、ロゼットの言葉がグサリと刺さった。

衝撃の単語に固まってしまったリーニャの目はまん丸だ。

「スキサケ……？」

（くっついてくるジルから離れてご飯を食べたり、抱きしめようとしてきたジルからダッシュで逃げたり、ツノキスを素早くかわしたり……。これが『好き避け』…!?）

「そ……その『好き』の定義は？」

「俺に聞くな、と言いたいところだが……。ジル様と結ばれる女が誰になってほしいか、お前自身が一度考えてみたらどうだ？　魔導公爵の妻の座に納まりたい奴なんざ、ごまんといる。お前は知らねぇだろうが、あの方への求婚や縁談は、毎日の山のように来てんだ」

言われっぱなしのリーニャは、「縁談がいっぱい来てることくらい、知ってるわよ」とムキになって言い返した。

だが、ロゼットは呆れたように首を横に振った。

「どうだかな。ジル様がそれを片っ端から断り続けてる理由は、よく理解してないんじゃねぇか？」

「理由って――」

ムキになってまた言い返そうとした時、聖堂に翼が広がる音が大きく響いた。

音のした方――壇上に立つ黒翼の亜人が、人当たりのよさそうな笑みを浮かべて信者たちを見つめていた。

濡れ羽色の黒い髪と漆黒の翼、そして深紅の瞳をしたすらりと背の高い美青年だ。

「魔法樹教会へようこそ。私は司教のベルトレッド・ゼストです」

司教を名乗るベルトレッドという男の声は、甘くて柔らかい。自己紹介を聞いただけで、ため息を漏らす信者も少なくなかった。

（あれが疑惑の司教ね。鴉《からす》……っていうより、黒い天使に見えるかも）

リーニャはざわつく聖堂内を黙って見回し、ベルトレッドに視線を戻した。

「祖国から離れて生きる皆さんは、何かしらつらい思いをしたからこそ、ここを訪れたのでしょう。ええ、分かりますとも。ミッドガルド王国では、我々亜人の地位はまだまだ低い。親和政策が取られているとはいえ、低賃金での労働を強いられ、居住区画は劣悪な場所に分けられている領地がほとんど。酷い場所では、未だに亜人奴隷が売買されているとか……。この魔法樹教会ミッドガルド支部は、私たち亜人の未来を切り拓くための第一歩そのもの。私たちで亜人の地位を向上させ、人間たちと手を取り合って生きることができる、平等社会を目指すのです！　そう！　魔法樹ユグドラシルの前では、私たち人類は同じヒトの子なのですから！」

よどみないベルトレッドの演説は、聖堂中を拍手で包んだ。

「我ら亜人に栄光あれ！」

「平等な世界を！」

「魔法樹教万歳！」

感極まってすすり泣く者、拳を天に掲げて叫ぶ者など反応は様々だが、信者たち皆の明るい未来への願望は同じ方向を向いていた。

ただ、リーニャはその様子を冷めた目で眺めていた。

（聞こえのいい言葉ばかりね……。ジルだったら、もっと具体的に示してくれるんだろうな……）

ジルならば平等社会を目指すために必要なことは何か、ということまで具体的に話すだろう。熱心な他力本願から生まれるものが何もないことを、彼はよく理解しているからだ。

きっとそれは、亜人のリーニャが他人からどう見られているのかをそばで感じ、どうしたらリーニャが幸せに生きることができるのかを考えてきたために違いない。

そんな価値観や思想をガルタン領の人々にも当てはめ、人間と亜人の共存を目指すジルの言動がリーニャは好きだった。

（だから、やっぱり私には魔法樹教は合わないわね……）

リーニャが眉根を寄せて椅子に深く座り込んでいると、唐突に壇上のベルトレッドとぱちりと目が合った。紅色の瞳がきゅっと細められ、甘い笑顔でこちらを見ているのだ。

（あっ！　これは釣れたかも！）

リーニャは声を出さずに隣のロゼットの肩をパシパシと叩くと、ワタシワタシと誇らしげに自分を指差した。

「本当に大丈夫なのか？」

ロゼットは不安を滲ませながら、リーニャに耳打ちした。

「いけるわよ！　このリーニャ様に任せなさい！」

謎の自信をひそひそ声でアピールするリーニャの本日の衣装のテーマは、「セクシー魔女さん」だ。大きめに開いたデコルテや、際どいスリットが入ったセクシードレス、クロエに習った艶やかなメイク術で大人の女性を演出している。

このリーニャらしからぬ恰好の理由は、ベルトレッドにハニートラップを仕掛けるためである。

ジルはたいそう反対したのだが、絶賛好き避け中だったリーニャが強引に決行に持ち込んだ作戦だ。

（司教ベルトレッドには黒い噂がある。気に入った敬虔な信者を晩餐会に招き、そのまま囲い込んでしまうという噂が……。きっと依頼人のお姉さんもあいつの餌食になったんだわ……！）

そう判断したリーニャの人生初ハニートラップだ。ロゼットは呆れた顔をしているが、私だってやる時はやるのよと、リーニャは張り切っていた。

魔法樹教会は、人間のジルでは礼拝に参加することも叶わない。敵を探る役割は、亜人のリーニャでなければならないのだ。

（師匠として、いいところを見せなくちゃ……！　そう「師匠」として――）

礼拝が終わり、信者たちが続々と聖堂を出ていく中、リーニャは生足を無駄にくるくると組み替え、セクシーアピールに勤しみながら残席していた。

「ふふふっ！　ベルトレッドの悪事を華麗にセクシーに暴いてやるのよ！」

「セクシーはいらねぇだろ……」

ロゼットが頭を抱えていると、突然バサァッという羽ばたきの音が近くで聞こえ、舞い散る黒羽根と共に柔らかい男性の声が降ってきた。

「こんにちは。初めてお見かけしますね」

リーニャは事が上手く運びすぎて息を呑んだ。

司教ベルトレッドが、リーニャたちのもとにやって来たのだ。

「こんにちは、司教様」

リーニャはベルトレッドに色っぽく微笑みかけた。そら！　これでコロリでしょう！　と。

すると、ベルトレッドは言った。

「魔法樹教にご興味を持ってくださって嬉しい限りです。どうでしょう？　今夜、私の特別な晩餐会にいらしてみては？」


「あぁぁぁぁぁぁ……」

リーニャとロゼットが魔法樹教会にいる頃、ジルはミッドガルド王城のフランシスの部屋にいた。

生気のない顔でどんよりと重たい息を長く吐き出し、ふかふかの高級ソファに沈み込んで動かない。まるでお葬式のようだ。

今朝、転移魔法でここに来る前からこのテンションだったため、半日以上落ち込んでいることになる。

　そんなジルのことを執務机からやれやれと困り顔で見つめているのは、部屋の主フランシスだ。

「ジークルビア。いい加減、切り替えてくれないかな？」

「無理。先生に避けられまくってて、メンタルごりごりに削られてんだよー……。どうせ、リア充に俺の気持ちなんて分かんねぇよ。爆発魔法かけるぞ、このドM王子。痛くて座れなくなるほど、尻、蹴られてんじゃねぇよ。とっとと空気椅子やめろ」

「これはクロエの愛と鍛錬さ。やれやれ。余裕がないと口が悪くなるね、君は」

　ジルのつらつらと呪言のように流れ出てくる台詞に、フランシスは呆れた顔で肩を竦めた。クロエとの仲が深まり、新しい性癖にも目覚めてしまったフランシスは、今日も爽やかに輝いていた。じと目のジルとは正反対だ。

「……君は本当に魔女さんのことが大好きだね。てっきり、雛が親鳥を後追いしている感じかと思っていたんだけど」

「はぁ？　なんだよそれ」

　フランシスがピヨピヨと可愛いひよこの真似をしてきたため、馬鹿にされたように感じたジルはムッと唇を突き出した。断じて違うと言わんばかりの顔だ。

「だって魔女さんは、過去の記憶がない君が初めて出会った優しい人だろう？　子が親を想うように、君が彼女を大切にしたくなるのは当然だと思うよ」

「それを言い出したら、先生にとっての俺もそうなのかもしれない……けど……」

「魔女さんもかい……？」

「いや、まぁ……うん……」

わざわざフランシスにリーニャの孤独な半生を語る必要はないだろうと、ジルは言葉を濁した。

それにそのことを話して、だからリーニャは親鳥の気持ちでジルを大切にしているのだと言われることが嫌だった。

ジルはグリーンの石細工の髪飾りを手に乗せて、愛おしそうに眺めた。

リーニャが誕生日に贈ってくれた時はブローチの形をしていたが、どんな服装の時でも着けていたいと思ったジルが髪飾りに作り替えたのだ。

「俺に必要なものは、全部先生がくれた。美味い飯も、お菓子も、あったかい家も、魔法の知識も。愛も……。俺だって、先生にあげたい。全部あげたい。この気持ちが鳥の後追いだって言うのかよ？」

ジルは反論めいた口ぶりで、フランシスを軽く睨んだ。

しかし、付き合いの長い友人はジルの扱いを心得ている様子であり、少しおどけて肩を竦めた。

「育てた雛が実はグリフォンだったなんて、彼女は苦労するね」

「ちょっとお洒落な伝説の生き物に例えるのやめろ」

「ははは ッ！　僕が王に即位したら、人間と亜人の婚姻を認める法律を作るよ。君のように恋も愛も、もっと自由であるべきだからね！」

陽気に高らかに宣言するフランシスの美しい碧眼は、抜け目ない光を放っている。

普段は調子よくキザに笑っていることが多いフランシスだが、その光が本物であることをジルはよく知っていた。この青年はアホっぽく見えがちだが、実は計算でそう振る舞っている時がある。もちろん、そうでないこともあるのだが。

「その法律、絶対作ってくれ。なれよな、王様。死ぬ気でなれ」

「王子の僕に命令してくるのは、国中捜しても君だけだよ。まぁ、僕の即位を確固たるものにするには、君の協力が必須なのだけれど……」

フランシスは執務机から立ち上がると、ジルの前に置かれている資料をひょいと手に取って眺めた。パラパラとめくる資料は、ジルがまとめた魔法樹教会の情報だった。

「君の大事な先生、大丈夫かい？　今頃潜入調査をしているんだろう？」

「気になりすぎて心臓が捻じ切れそう。さっさとこっちの調査を済ませて、先生のとこに行きたいんだわ。ちょっとロゼットも心配だし」

「え？　ロゼット君かい？」

きょとんとした顔を向けてくるフランシスにジルは資料のあるページを開き、指でトントンと叩いてみせた。

「多分、こいつさ――」

その写真に写っているのは、司教ベルトレッド・ゼストだった。

その夜のこと。

王都のはずれにある洋館に数名の亜人が集められ、豪華な食事の並んだテーブルを囲んでいた。

亜人たちはいずれも魔法樹教の信者であり、同じテーブルについている司教ベルトレッドに代わる代わる感謝の言葉を述べていた。実に敬虔な信者たちである。

そして、その中に一人だけ、険しい顔をして固まっている者がいた。リーニャ……ではなく、ロゼットだ。

「食べないのかい？　ロゼット君。毒なんて入っていないよ？」

「……食欲がないだけです。司教、俺のことはおかまいなく」

「そうかい？　夜は長いのだから、体力は付けておいた方がいいと思うよ」

「…………」

ベルトレッドは執拗にロゼットのことを気に掛け、熱っぽい視線を注いでいる——気がする。

ロゼットは気まずそうに沈黙しているが、そのせいでさらに料理や酒を勧められているようだった。

（ひゃぁぁぁぁっ！　夜は長いとか……体力とか……って何それ、意味深ッ!!）

うっかりいかがわしい妄想に火が点きそうになったリーニャがいるのは、洋館の外。ジル特製の視力&聴力が上がる眼鏡型魔法具を使い、食堂の窓からこっそりと中を盗み見ていた。

そう。晩餐会に招かれたのは、リーニャではなくロゼットだった。

やる気満々だったハニートラップは無惨に失敗し、リーニャはいつもの魔女装束に着替えてロゼットを見守っていた。屈辱だが、仕方がない。信者を食らう変態司教の趣味など、リーニャには分からないのだから。

（ふぅ……。ロゼットの他にも何人かいるけど、年齢も性別もバラバラね。ベルトレッドの守備範囲が広すぎて怖いわ。いったいこの後、どんな二次会が……）

ハラハラそわそわと落ち着かないリーニャは、ベルトレッドが本性を現したら魔法の杖を持って突撃する計画だった。中にはロゼットがいるので、めったなことではリーニャが戦うことはないと踏んでいるのだが、もしもの場合はこの杖が火を噴く予定だ。

ちなみにこの杖はジルが使っているような、自前の魔力を洗練増強するものとは異なる。杖の中にあらかじめ封じられた魔法がスイッチ一つで発射されるという、魔力のないリーニャでもお手軽に使うことができる便利な魔法具だ。ジルが自分と別れて依頼に臨むリーニャのために、護身用として作ってくれた。

ちなみにデザインは、杖の先端に桃色の綺麗な石が付いていて、その周りに花びらを模した装飾があったり、可愛いリボンが巻きつけられていたりと、やたらとプリティだ。リーニャは可愛すぎて恥ずかしいからと嫌がったが、「すげー似合うよ！」とジルに無理矢理持たされてしまった。

（これの出番がないことを祈りたいことだけど……）

背伸びをして窓から中を覗くと、ちょうどメインディッシュの肉料理が運ばれてくるところだった。夕食を食べる暇がなかったリーニャの腹は、耐えきれずぐぅと切ない音を鳴らした。

（じゅるり……。あれって、フィレ肉ってやつじゃない!? 美味しそう……。この王国で、こんな贅沢な暮らしをしてる亜人なんていないわよ。うぅ～、お腹空いた。匂いだけでも……）

よだれを我慢しつつ、細く開いた窓の隙間からスンスンと料理の香りを嗅ごうとすると――。

リーニャは「ん？」と眉をひそめ、次に顔をこわばらせた。

酒によく似ているが、甘い燻製のような匂いがわずかに漂っており、咄嗟に違和感を覚えたのだ。リーニャはこの匂いを知っていた。

ハッとして食堂の隅々までを眼鏡型魔法具越しに見渡すと、リーニャは四隅に置かれた陶器製の香炉を見つけた。それは睡眠香炉だった。

（見覚えがある。十年前、ヒュードが店でジルに使っていたものと同じだわ……！）

しかし、気が付くのが遅かった。

「さぁ。そろそろ祈りの時間にしましょうか」

ベルトレッドが鋭利な歯を見せてほくそ笑むと、食事もまだ途中だというのに、食堂内の亜人たちが次々にくらりと意識を失っていく。

その不穏な空気にロゼットはすぐさま立ち上がろうとしたが、彼も気付かぬうちに睡眠の香を吸い込んでしまっていたため、ふらついて床に膝を突いてしまった。

「くっ……テメェ、やはり……」

「朦朧とした顔で睨んでも怖くはありませんよ？」

ベルトレッドは口の端を上げてニヤリと笑うと、まともに動くことができないロゼットの首に両手を伸ばした。

それを見たリーニャは、あたふたと庭の鉢植えを持ち上げた。窓ガラスを割ろうと考えたのだ。

(ロゼットが危ない……！　突撃しなくちゃ！)

リーニャは勢いよく「えぇいっ！」と、鉢を振り下ろそうとしたのだが――。

突然、窓の向こうにいたはずのベルトレッドが姿を消した。食堂にはロゼットを含め、意識を失って倒れている亜人たちしかいない。

(えっ！　あいつ、どこに――)

「やれやれ。昼間礼拝に来ていらしたご婦人ではありませんか。ご招待差し上げた覚えはございませんが？」

不意に頭上からせせら笑うような声がして、リーニャは寒気を感じて顔を上げた。

すると、暗い夜空に溶け込むような黒翼を持った亜人が、空中からリーニャを見下ろしていた。

「ベルトレッド！」

「驚きましたか？　転移魔法ですよ」

ベルトレッドは古代語の呪文を唱えると、リーニャに向かって小虫を払うような仕草をした。

それが風魔法の呪文であると、リーニャには分かる。しかし、だからといって魔法を防ぐ術を持ってはいなかった。

激しい烈風に煽られたリーニャはあっけなく吹き飛ばされ、洋館の外壁に体ごと叩きつけられてしまった。同時に眼鏡型の魔法具が地面に落ちて壊れた音も聞こえた。

「うぅっ」

リーニャの魔女装束にはジルが防御の魔法を施してくれているので、いきなり致命傷を負うことはない。だが、この至近距離から受ける魔法はさすがに強力で、リーニャは痛みで顔を歪ませた。

（くそ……っ。でもまだ負けたわけじゃ……）

ベルトレッドが、リーニャがまったく動くことができない状態だと思っているなら好都合。懐に忍ばせた魔法の杖をベルトレッドに気付かれないように取り出すことができれば、形勢逆転することができるはずだ。

しかし、その手すらベルトレッドに先読みされていた。

「きゃっ！」

「色の濃いものを隠し持っていると思えば」

ベルトレッドは翼を羽ばたかせて一気に下降すると、リーニャを仰向けに地面に押し倒し、馬乗りになった。そしてリーニャから魔法の杖を奪い取ると、しげしげと眺めて片手で砕き割った。

魔法の杖はバキンッと嫌な音を立てて、地面に破片を散らした。

「あっ」

リーニャは無惨な姿になった魔法の杖を青ざめた表情で見つめ、息を呑んだ。

無策で乗り込んできたわけではなかった。ロゼットになんらかの事態が起きた場合は、リーニャが魔法の杖で応戦したり、ジルに救援を求めたりする策を何通りか考えていた。

けれど実際、敵はリーニャよりも何倍も上手で手も足も出なかった。

(ジルの心配を振り切ってきた結果が、これだなんて……)

「いやはや。なんと愚かな子羊でしょうね」

リーニャの心を代弁するかのようにして、ベルトレッドがほくそ笑む。

「あんた……レベッカさんやロゼットを殺したの?」

「この期に及んで、他人の心配ですか?　大丈夫、同じ目に遭わせて差し上げますよ」

「いやっ!　やめてっ!」

悲鳴を上げて暴れるリーニャを力づくで押さえつけ、ベルトレッドは首に向かってにゅっと手を伸ばしてきた。

リーニャは殺されると思い、恐怖でぎゅっと目を閉じた。

しかし、次に耳に届いたのはカチャリという金属の音。リーニャの首には重々しい鉄の首輪が嵌められていたのだった。

「え……？　何これ⁉」

「おや？　【隷従魔法】の効果が出ない？」

リーニャ同様に目を丸くしていたベルトレッドは、その後、「あぁ」と納得した声を漏らした。

細められた彼の深紅の瞳は、リーニャの折れた右ツノを映していた。

「魔力の色が異常に薄いのかと思っていましたが、まさか『角折れ』だったとは。これではユグドラシルの肥料にはなりませんねぇ」

「肥料……？」

「私の目には、魔力が色として見えるのですよ。あなたは色なし。『不良品』は何の肥やしにもならないということです」

ベルトレッドは大袈裟に肩を竦めると、再び古代語を呟いた。今度は眠りの呪文だ。

「う……、あ……」

（私も魔法が使えれば……）

「ジ…ル……」

ベルトレッドの『不良品』という言葉を否定することができなかった。自分はいつも無力で役に立たないのだと、リーニャは暗い夢に意識を奪われながら眠りについたのだった。

（私……生きてる……）

目を覚ますと、リーニャは薄暗い石造りの牢に横たわっていた。大人であれば五～六人ほど収容できそうな広さがあるが、それ以上の数の人の気配があるため、厳つい鉄格子の存在も手伝い、窮屈で息苦しい空気が漂っている。牢の天井に近い部分の隙間から外光がわずかに射し込んでいることを考えると、どうやらここは地下牢らしい。

ベルトレッドの洋館の地下だろうかと考えながら、リーニャはずっしりと重たい鉄の首輪に触れた。

ベルトレッドは【隷従魔法】と口にしていた。

その魔法は、ユグドラシル戦争の中で生み出された「亜人の魔力を奪う」呪いの術だ。

今でこそ禁術とされているが、戦況が硬直していた三十年前には、ミッドガルド王国を勝利に導くために天が授けた魔法だと言われていた。

当時の魔導将軍オリバーは【隷従魔法】を生み出すと、戦場の亜人騎士たちをそれによって捻じ伏せることで、戦局を大きく動かした。戦争を終焉に導いたという、あの半亜人の魔導師でさえも、その恐ろしい魔法にはなす術がなかったと聞く――。

（この首輪は、【隷従魔法】と魔科学と融合させた違法魔法具ってとこかしら……。こんな技術があるなんて……くそっ！　取れない……！）

牢の隅にぺたんと座り込み、首輪をがちゃがちゃと揺するが外れる気配はまったくない。鍵穴がないので、特殊な開錠の魔法を流し込むことで外れる首輪なのだろう。

幸いリーニャの体には奪われる魔力がなかったため、この首輪はただの重たいアクセサリーになっている。だが、他の亜人たちではそうはいかない。

地下牢の中には、魔力を奪われてぐったりとしている亜人たちがたくさん捕らえられていた。ロゼットもそのうちの一人だった。

暗い陰で蹲っているロゼットを発見し、リーニャは「よかった！　ロゼットもここにいたのね！」と安堵しながら彼に近寄った。

ベルトレッドの口ぶりから、ロゼットも首輪を付けられ捕らえられているのだろうとは思っていたが、まずは無事で何よりだ。

彼が同じ牢にいるのであれば、次の策を立てることができるかもしれないと、リーニャは希望を持ち直したのだが。

「ねぇ、ロゼット。ベルトレッドの目的は、乱交パーティ（小声）じゃなくて、亜人から魔力を集めることだったのね！　多分、この首輪には【隷従魔法】と、奪った魔力をユグドラシルに転送する魔法の術式が刻まれてるのよ。だってあいつ、魔力が『ユグドラシルの肥料』だって言ってたもの。ロゼットは今、どんな感じ？　魔力、かなり取られてる？」

リーニャが早口でまくし立てるように話しかけると、ロゼットはギロリと金色の双眼をこちらに向けた。暗い場所で光る瞳は、荒っぽい殺意を帯びていた。

「あ？　なんだよ、羊女。おれはテメェのことなんざ知らねんだよ！　ぶっ殺すぞ！」

牢の隙間から射し込む月明かりに照らし出されたのは、眉を吊り上げてリーニャを睨みつける狼族の少年だった。

ロゼットの低く唸るような声ではないし、体も小さくて頼りない。

しかし、だぼだぼになっているのは見覚えのある衣服であり、人を眼力で殺してしまいそうなオーラも間違いなくロゼットのそれだった。

「あなた、ロゼットよね？　ね？」

「なんでテメェがおれの名前知ってんだよ！　殺されてぇのか!?」

「ご、ごめん、怒らないでよ。怖いから」

リーニャはロゼットの物騒な発言にたじたじになりつつ、冷静に周囲を見回した。

子どもはロゼットだけではなかった。というか、リーニャ以外は全員が子どもだった。

十人ほどの亜人の子どもが例の首輪を付けられ、だぼだぼな衣服に包《くる》まって床に蹲っていたり、丸くなって眠っていたりと、見れば見るほど異様な光景だ。

「ロゼット君、今いくつ？」

「十歳だ！　ぶっ殺すぞ！」

ロゼット君の語尾は殺意ワードらしい。

「うーん、それは困るなぁ」

リーニャは眉をハの字に下げながら、苦笑いを浮かべた。

リーニャの知る限りでは、亜人の肉体と精神は魔力によって強く結びついている。

その結びつきを【隷従魔法】が壊してしまったとしたら？

魔力を基準に成熟していた肉体と精神が、柱を失って不安定になったとしたら？

（いや、だからって、それで肉体の若返りと記憶の遡行が起こるなんて――！）

顎に指を当てて悩むリーニャだが、亜人学にはまだまだ未知なる部分が多いうえに、そもそも魔力を持たないリーニャには当てはまらないことがほとんどだった。

理解ができない現象が起こっていることは確かだが、この状況を見て無理矢理納得するほかなかった。

ここには魔法樹教の信者たちが【隷従魔法】によって魔力を奪われ、子どもの姿で捕らえられているのだ。

「うっ、クソ……」

ロゼットが苦しそうに肩で息をしながら、ずるずるとずり落ちるようにして床に倒れ込んだ。

顔色が悪く、とても苦しそうだ。

「ロゼット、大丈夫!?」

「力が……入らねぇ……」

首輪が鈍く光り出すと、ロゼットの顔はますます蒼白になった。首輪を外そうともがいているが、その行為によっていっそう息を切らせている様子だ。

「あんまり動かない方がいいよ。魔力切れが近いのかも」

不意に話しかけてきたのは、猫の亜人の女の子だった。

赤茶色の毛の生えた三角耳と同じ色の尻尾、そして眠たそうな垂れ目には見覚えがあり、リーニャはハッと上ずった声を上げた。

「あなた、もしかしてレベッカさん!?」

レベッカは、今回の依頼人の姉の名だ。見せてもらった写真は成人女性だったが、目の前の少女にはその面影があった。

「たしかにわたしはレベッカだけど……」

「よかったぁ！　妹さんに頼まれて、あなたのことを捜しに来たのよ！　今すぐ脱出しましょう！」

「え？　妹？　わたしには妹なんていないよ」

レベッカの垂れ目が怪訝そうな形になって、リーニャをじっと見つめた。

彼女の記憶もロゼットと同じく幼少期に戻っているのだとリーニャは察し、自分の仮説は概ね合っているのだろうと一人で頷いた。

(記憶が遡行しているのなら、ここで依頼主のことを詳しく話しても仕方ないか……)

リーニャはここでレベッカを混乱させても気の毒だと思い、「ごめんなさい。人違いだったわ。でも、脱出の誘いは本物よ」とすぐに言い直した。

けれど、レベッカの表情は曇ったまま。しかも声は今にも泣き出しそうなものだった。

「無理だよ。ベルトレッドからは逃げられない。わたし、ほとんど魔力が残ってなくて……」

「一気に魔力を奪われると、ロゼットみたいに体に不調が起こるのかしら。レベッカさんは奪われる魔力も枯渇してきた……っていうこと？　大丈夫。なんとか脱出する方法を考えるから！」

子どもたちを安心させてあげるのも大人の務め！

リーニャは努めて明るい笑顔を向けるが、レベッカは俯いてふるふると首を横に振った。

「うぅん。もう時間がないの。今日は『不良品』回収の日だから、わたしは連れていかれちゃうの」

「えっと……『不良品』回収って……？」

何やら不吉な予感がして、リーニャの笑顔は固まった。

「魔力がなくなった子は、役に立たないから売るんだって」

「な……っ！」

つまりは人身売買だ。

その単語には嫌な思い出しかないリーニャは、怒りを顔に滲ませた。

「ベルトレッドの奴、同族を売るなんて許せない……！　っていうか、私も『不良品』って呼ばれてたし、すでに売り飛ばす気満々じゃない！」

おそらくベルトレッドが目を付けて捕らえていたのは、魔力を多く持つ亜人たちだ。

あの深紅の瞳で信者たちの魔力量を見極め、めぼしい者を晩餐会に招き、眠らせて【隷従魔法】の首輪を付ける。

そして魔力を奪い終えると、大人の記憶を失くした亜人たちを売り捌き、金にするという醜悪なビジネスだろう。

今日が「売り」の日であれば、最早一刻の猶予もない。依頼完遂とここにいる全員の命と自分の身を救うためにも、どうにかして牢から脱出しなければ……と、リーニャは鉄格子を必死に揺らしてみたのだが、びくともしない。

そこに二人分の足音が聞こえてきた。

「満足どころか、まったく魔法が使えねぇんじゃあ、逃げ出すなんて無理だぜ。【羊角の魔女】」

聞き覚えのある男の声に、リーニャは動揺を隠しきれなかった。

鉄格子の向こうにいたのは、かつて商品としてジルを売り、そしてリーニャまでも奴隷オークションにかけた因縁の闇商人だった。

「ヒュード！　なんでこんなとこに！」

「それは俺の台詞だ。あんた、せっかく魔導公爵の愛玩奴隷になったってのに、また捕まっちまうなんて。おめぇさん、ほんとに運がねぇよな」

「はぁっ⁉　だ、誰が愛玩奴隷よ！」

リーニャが怒って鉄格子の間から殴りかかろうとするが、当然ヒュードには届かない。

その様子が滑稽だったのか、ヒュードの隣にいたもう一人の男がククと喉を鳴らして笑った。ベルトレッドである。

どうやら、ベルトレッドとヒュードは裏の商売で繋がっていたらしい。

「おやおや、そうでしたか……。『角折れ』を愛玩用にするとは、魔導公爵も物好きですね。

直接お会いしたことはありませんが、少し魔導に長けている程度の人間でしょう？」

「よせよ、旦那。そんな言い方をしたら、魔導公爵に国一番の座を奪われたあのお方の機嫌を損ねるぞ」

「私は彼の協力者であって、部下ではありませんから。人間と亜人の生物としての差を口にしたまでです」

（あの方……？）

リーニャは二人の会話に引っ掛かりを覚えたが、今はそれどころではなかった。

ベルトレッドは、リーニャの全身を舐めるようにして見つめると、「ヒュードさん。この『不良品』、私が個人的に買い取っても？」とギザギザの歯をニヤリと見せて笑った。

「もちろんかまわねぇが、多分、魔導公爵があんたのこと嗅ぎまわってんぞ？　面倒なことにならねぇか？」

「むしろ、共犯になっていただくチャンスでしょう。彼女を五体満足で返してほしければ、多少の悪戯は見て見ぬふりをしてください……と、紳士的な交渉の材料にするのです」

不穏な空気を感じたリーニャは、ぞくりと震え上がった。

肌をざらざらと刺す視線が息苦しく、リーニャは恐怖を悟られまいと大きく吠える。

「わっ、私なんて人質にしても無駄よ！　ジルは必ず悪事を暴く！　あんたは牢屋行きなんだから！」

「牢屋から叫ばれましてもねぇ」

ベルトレッドが牢の鍵をガチャリと開けた。すると、彼とリーニャの間に割り込んだ者がいた。ロゼットだ。

「なんか気に食わねぇッ！」

「ロゼット！」

ふらつきながらもリーニャを庇って立ちはだかるロゼットは、記憶を失い、子どもの姿になっても騎士の心は健在だった。

しかし、状況はあまりにも不利だった。

「あなたはただ、魔力を出せばよいのです」

ベルトレッドは嘲笑いながら、小さなロゼットの体を蹴り飛ばした。

ロゼットは痛み声も出せない様子で、石の床に蹲ってしまった。

「何するのよ！」

「お仲間を心配している場合ですか？」

ベルトレッドはロゼットに駆け寄ろうとしたリーニャの首輪を乱暴に掴むと、強引に引き寄せて羽交い絞めにした。リーニャは「放して！」ともがき暴れるが、彼の腕から逃れられる気配はまったくない。

せせら笑うベルトレッドは、リーニャの耳元で舌舐めずりをし、べろりと耳を舐め上げた。

「ひっ」

気色の悪い湿った感覚に震え上がったリーニャは、恐怖で体が固まってしまった。ベルトレッドの生温かい吐息が首筋に当たり、ぞわぞわと不快感がせり上がった。

「おいおい。五体満足で返す交渉するんじゃねぇのかよ」

「ただの味見ですよ。四肢をもぐわけじゃありませんから」

牢の外のヒュードは気まずそうな声を漏らしたが、ベルトレッドはククと愉快そうに喉を鳴らしている。彼の深紅の瞳は、リーニャを哀れみながら細められていた。

「人間の愛玩具など、我ら崇高なる亜人には相応しくない。亜人としての幸福を知らぬ『角折れ』のあなたが、私は哀れで哀れでたまらないのですよ……」

ベルトレッドの手が、いやらしくリーニャの胸や腿に触れた。

彼の長く尖った爪に柔らかい肌をツツ……と引っ掛かれ、ひりひりとした痛みがさらにリーニャの恐怖を煽ってくる。

冷たい指の感覚にリーニャはか細い悲鳴を上げるが、ベルトレッドの笑い声にかき消されてしまい、何もできない絶望感がどんどんと思考を凍らせていった。悔しさと恐ろしさが、ぐるぐると胸の中に渦巻いた。

(ジルは……私のこと……哀れだなんて言ったこと、一度もない……)

ジルのことしか頭に浮かばなくなってしまったリーニャの瞳に、じわりと涙が湧いた。

ベルトレッドが耳元で、ねっとりとした声で囁く。

「玩具を盗られた魔導公爵は、いったいどのような顔をするのでしょうね……？」

「……っ」

（ジルは……魔法が使えない私のことを……『先生』って呼んでくれた……）

「さぁ、可哀想で可愛い子羊の鳴き声を聞かせてください」

ベルトレッドは端正な顔を楽しげに歪めながら、リーニャの右ツノにかじりつくような乱暴なキスをした。

これまで感じたことのない不快感に満ちた痺れと痛みがツノから体に走り、リーニャは震える声で短い悲鳴を漏らした。視界がぐらぐらと揺れ、息が苦しい。頭が割れるように痛いし、手足が思うように動かない。

「うぅ……やめてぇ……」

「ふふふふ。悪くありませんね」

ベルトレッドは涙をこぼして懇願するリーニャの反応が気に入ったらしく、再び右ツノにかじりついた。

彼の尖った歯が何度も何度もツノに突き立てられ、リーニャはついに声も出せないままに力を失い、床にへたり込んでしまった。

「羊角族の弱点がツノだという噂は本当だったのですね」

恍惚とした表情を浮かべるベルトレッドは、意識が朦朧とするリーニャの顎に長い指を添えると、無理矢理にグイと顔を上げさせた。

「痛いキスがお好みなようですね、あなたは」

（違う……。こんなのキスじゃない……。私が知ってるキスはもっと優しくて、あったかいもの……）

目の前が恐怖で染まったリーニャの唇をベルトレッドの爪が引っ掻き、赤い血を滲ませた。

痛みよりも恐怖が勝り、リーニャはただ震えることしかできなかった。

「いい顔ですねえ……たまりません」

（ジル……助けて……ジル……）

その時だった。

頭の上から、不吉な地響きのような音がしたかと思うと、地下牢全体が揺れ――鉄格子の向こう側の天井が大きな白煙を上げて崩れ落ちた。

幸い、落石に巻き込まれた者はいなかったが、皆、白煙の中から放たれる憎悪にまみれた殺気に震え上がった。ただし、リーニャ一人を除いて――。

（来てくれた……。もう大丈夫だと、心の底から思えるくらい、私は彼に何度も何度も救われてきた。彼の強さは私が一番よく知っている――）

「ジル……！」

リーニャは涙声で叫んだ。

視線の先には、長い赤髪を三つ編みにした翠眼の魔導師が立っていた。

「俺のリーニャから離れろ、クソ野郎……!!」

地底からほとばしるような怒号が地下牢に響き渡った。

全身を怒らせるジルは、杖で殴りつけるように鉄格子を切断すると、瞳孔の開ききった目でベルトレッドを睨みつけた。そして、牢の外で悲鳴を上げているヒュードのことなど眼中にない様子で、ジルはツカツカと牢へと踏み入ってきた。

「おや、あなたが噂の。お早い到着でしたね？」

「あぁ？」

挑発的に口の端を持ち上げるベルトレッドは、これ見よがしにリーニャの右ツノに噛みついた。

それを見たジルの額には青筋が浮かび、辺りに緊迫した空気が満ちた。

だが、リーニャはジルの到着で恐怖が吹き飛んでおり、もう弱々しい悲鳴を上げることも、ベルトレッドを怖がることもなかった。

「ジル！【隷従魔法】の首輪で、ロゼットが魔力を奪われたの！捜してたレベッカさんや、他の人たちも同じよ！こいつを捕まえて！」

「分かってる……けど、そいつはぶち殺さないと俺の気がすまない」

「おやおや。人間ごときが亜人の私を狩ると？おこがましいにも程がありますね」

ベルトレッドはジルを睨み返すと、古代語の呪文を唱え、黒翼を大きく羽ばたかせた。

狭い地下牢内で、烈風がうなりを上げる。洋館の外でリーニャに使った、あの風魔法だ。

（たくさんの魔力を投じた強い魔法……！　だけど――）

強風に目を細め、リーニャはジルを見つめた。

ジルはベルトレッドの起こした風をものともせず、その場に直立したまま、杖先を持ち上げた。

「先生から離れろっつったよな？」

烈風はジルに触れる寸前で霧散し、それと同時にジルの杖から細い光が矢のような速度でほとばしった。光はベルトレッドの片翼を射抜き、全身に雷撃をもたらした。

「ぎゃぁぁあぁッ！」

ベルトレッドは逃げ場のない痛みに絶叫し、床をのた打ち回った。息はあるが、その断末魔のような悲鳴は聞くに堪えないものだった。

あまりの力量差を前にしては、人質がいることはハンデにもならなかった。

その隙にリーニャはジルに駆け寄り、彼の腕の中に飛び込んだ。

「ジル！　ありがとう！」

「先生、先生――っ！」

ぎゅっと抱きしめてくれるジルの目に、みるみる涙が溢れてきたので、リーニャは驚きの声を上げてしまった。つい先ほどまでは魔王のような目つきをしていたというのに、今は涙が止まらないようだった。

「ちょ……っ！　なんでジルが泣くのよ！」

「だって、俺が遅かったから、先生あいつに……」

「てっ、手遅れみたいに言わないでよ！」

リーニャは、ぐすぐすと酷い泣き顔を見せるジルの両頬をむにぃっと摘まんだ。

「ひててっ！」

「未遂！　私は無事！　あいつに『角折れ』だからって散々哀れまれたけど、私、自分のことを可哀想だなんて思ってないから！　私自身は非力かもしれないけど、手塩にかけて……うぅん。人生をかけて育てた弟子は、こんなに強くてかっこいいんだもの！」

「ひぇんひぇい……！」

まだ涙の止まらない様子のジルが、リーニャの目にはとても愛おしく映った。

リーニャは「泣かないの」と笑いながら、ジルの涙を指で優しく拭ってやった。

「だって俺、先生に嫌われたのかなって、ずっと心配で……。目ぇ合わせてくんないし、口利いてくんないし、仕事も別行動するって言うし。あ————……、安心した……！」

たっぷりと安堵の息を吐き出すジルは、ようやく笑顔を見せてくれた。

リーニャはジルの体温に心地よさを感じながら、離れ難い思いに駆られていた。

会いたくてたまらなかったジルが自分を助けに来てくれたこと、泣くほど大切に想ってくれていたこと、彼の温かくて優しい抱擁がこんなにも幸せであること——。

数え上げたらきりがない、ジルの深い愛をリーニャはひしひしと感じ、自分の中にも似たものがあることに気が付かざるを得なかった。

（あ……そうか……。もう、目を逸らすことができないんだ……。私はジルのことが——……）

リーニャはどくんどくんと高鳴る胸の音を聞きながら、猫のように目を細めて微笑んだ。

「バカね。私がジルを嫌いになるわけないでしょ。……惚れ薬の件で、ちょっと照れくさくなってただけよ」

伏目がちにそう言うと、リーニャはジルの頭をなでなでと手のひらで撫でた。撫でられやすいように少し屈んでいるジルが面白くて、調子に乗ってたくさん撫でていると――。

「おい。見せつけてんじゃねぇよ」

生意気そうな少年の声は、二人の余韻を完全にあっさりと吹き飛ばした。

レベッカに支えられているロゼットが、不機嫌そうにこちらを睨みつけていたのだ。

「うわっ！　お前、もしかしてロゼット？　魔力取られると子どもになるのか～！　可愛いクソガキだなぁ！」

「なっ！　触んな！」

ジルが頭をわしゃわしゃと撫で回してやると、ロゼットは大袈裟なほど嫌そうにもがきながら牢の入口を指差した。

「俺はいいから、あいつらを逃がさないでくれ！」

「おっと、了解」

ロゼットが指を差していた先には、こそこそと床を這って逃げ出そうとしていたベルトレッドの姿があった。

ベルトレッドはジルに睨まれると、「ひぃっ！」と竦み上がって動きを止めた。まるで蛇に睨まれたカエルだ。

「ジル。殺しちゃダメよ。捕まえて！」

「すっげぇ不本意だけど、先生がそう言うなら！」

ジルが杖を軽く振ると強力な重力魔法が炸裂し、ベルトレッドが目に見えない圧力に圧し潰された。苦しそうに床に這いつくばる姿も、「うぐぅ……っ」という醜い呻き声も、つい先ほどまで自信に溢れていた美青年とは思えぬものだった。

「司教さん、魔力、その紅い目で見えるんだろ？　俺ってどう？　なぁ？」

床に伏すベルトレッドを笑顔で見下ろすジルは、パチンッと陽気に指を鳴らした。

すると、濃い魔力が辺り一帯に立ち込めた。

周囲の者が息苦しくなるほどのその魔力は、普段はジルが制御して隠しているものだった。リーニャとの修行で今では魔力の放出量が自由自在なのである。

「こ、こんな魔力あり得ない……！　バケモノだ……！」

声を裏返らせて怯えるベルトレッドには、どのような色が見えているのかは分からない。だが、恐ろしいほどの魔力だったことが、彼の怯えた反応から見て取れた。

「バケモノだなんて失礼だなぁ。ま、俺も自分のこと、よく分かんないけど」

フッと小さく口の端を上げたジルは、杖先でベルトレッドの頭をスコーンッと叩いて気絶させた。実に気持ちのいい音がした。

しかし、残る悪党ヒュードの姿はない。

「逃げられたわね」

「あのおっさん、悪運強いよなぁ。ま、今回は司教だけでも十分だろ。今度捕まえとくよ。さて——」

ジルは地下牢にいる亜人の子どもたちを見渡すと、杖を肩に担いでにっこりと微笑んだ。

「趣味の悪い首輪をぶった切って、俺の魔力でも分けてやろうかな」

これにてひとまず、事件は解決である。

ジルがリーニャたちを救出していた頃、ミッドガルド王城内は騒然としていた。

王子フランシスが直属の騎士らを率い、王弟オリバーの研究部屋に押し入らんとしていたのだ。

目的はオリバーの捕縛。

彼と魔法樹教会の癒着疑惑を中心に調査を進めていたところ、違法な取引や研究の証拠が次々に明るみに出たのだ。

フランシスは騎士たちに目配せをすると、バンッと勢いよくオリバーの部屋の扉を開け放った。

「王弟オリバー・ミッドガルド！　魔法樹教会の私物化及び、【隷従魔法】の使用、魔法樹ユグドラシル違法研究の罪で捕縛する！　大人しく投降しろ！」

しかし、室内はもぬけの殻だった。

捨て置いてかまわない研究道具や、亜人を憎む彼らしい内容の書物で溢れるオリバーの部屋は、人の気配がわずかに残っているだけで、暗く静まり返っていた。

「くっ。勘付かれていたか……。草の根を掻き分けて捜してくれ。それから――」

悔しそうに歯噛みするフランシスは、息を一つ吐き出すと、落ち着いた態度で近衛騎士たちに命令を付け加えた。

「ジークルビア……、ガルタン公爵を呼んでくれるかい？　彼に頼みたいことがある」

第五章　陰謀渦巻く

『死ね！　人間め！』

『お、お逃げください！　殿下――ぐあぁっ！』

辺境領の別荘地を怨嗟が包んだ夜。

鉄と煙の匂いが立ち込めた屋敷内は、反逆の意志を見せた亜人奴隷と兵士たちの戦場となり果てていた。地獄のような長い夜だった。

炎から逃れるために駆け込んだ部屋で、腕の中の少女がみるみる冷たくなっていくのを感じながら、満身創痍の少年が一人、嗚咽を漏らしていた。

「う……うあぁ……」

（僕は悪夢を見ているのか……）

昼間には、二人で野原にピクニックに行ったのに。

明日は魔法を見せてあげると約束したのに。

もう彼女には明日が来ない。

「ナタリー……ナタリー……ナタリー……」

少年は繰り返し少女の名を呼んだが、彼女は応えてはくれなかった。

息を引き取ってもなお、少女からどくどくと溢れ出る血が少年を紅く濡らしていく。

どうしてこんなことになったのだろうと思いながら、少年は剣を振りかざしてきた亜人の奴隷を一人、魔法の刃でめった刺しにした。

しかし、それでも少女は応えてはくれない。

恐怖に悲鳴を上げた彼女の口は、激情に任せて凶刃を振るう亜人によって切り裂かれてしまったから。

逃げ出そうとした彼女は、背中から何度も何度も執拗に貫かれたから。

彼女はもう動かない。

突きつけられたこの残酷な事実は、どう足掻いても覆すことができない。

ならば、自分にできることはなんだろう?

「ナタリーの無念を晴らさないと……」

汚くて、野蛮で、人間を害するあの下等生物たちを根絶やしにしよう。

少年は黒煙を上げて燃え上がる炎を瞳に映し、そう誓った。

(優しいナタリーなら、これ以上自分のような痛くてつらい思いをする人がいない世界を望むだろうから。きっとそれが、彼女の思い描く幸せな世界だろうから——)

（またあの夢か……）

城下町の人気のない路地裏に潜んでいた男は、瞼の裏にくっきりと残る悪夢と額に滲む汗に顔をしかめながら目を覚ました。

建物の壁にもたれてしばらく休んでいたのだが、いつの間にか眠ってしまっていたらしい。彼の周囲は城から連れてきた数名の手勢たちが警戒してくれており、特に異常はないようだ。

「……どれほど時間が経った？」

「オリバー様……！　半刻ほどですが、もう少し休まれた方が……」

立ち上がった男――王弟オリバーは、直属の部下に向かってかぶりを振った。

「夢見が悪いのはいつものことだ。それよりも、貴殿らは早急にデモニアの王女を暗殺してくれたまえ。獣ごときがこの国を外遊するなど許せるものか」

「承知いたしました。ですが、オリバー様はどちらへ？　護衛を付けなくてよろしいのですか？」

「不要だ。私と対等にやり合える者など、生意気な魔導公爵か、あるいはかつて引き分けたあの半亜人の魔導師くらいだよ」

オリバーはフンと鼻で笑うと外套を深く被り直し、一人路地裏を歩き始めた。

表通りはとても賑わっており、楽しげな音楽や歌声がここまで聞こえてくる。城下町では、亜人の要人たちの来訪を歓迎する祭りが開かれているのだ。

（私とナタリーは決して望まん……。野蛮な獣どもと共存する世界など――）

「先生、すげぇ似合うよ！」

不意に表通りからカラッと明るい声が聞こえたので、オリバーは転移魔法で素早く姿をくらませたのだった。


「…………」

ジルは路地裏に視線を向け、眉をひそめた。

しかしそれは一瞬のことで、ジルはすぐにリーニャを全力で愛で始めた。

「うんうん！　可愛さ爆裂してる！」

「ほんとですわぁ！　リーニャ様、レインボウシがよくお似合い♡」

興奮するジルに呼応するようにキャッキャとはしゃいでいるのは、見た目は十代後半ほどの若い亜人の女性。明るい茶色の丸い獣耳と尻尾、金色のサラサラ髪の美女だった。金色の瞳がキラキラと星のように煌めき、真っ赤なドレスはまるで薔薇の花びらのよう。メリハリのあるボディラインは、道を歩けば振り返らない者はいないくらいインパクトがある。

そんな二人がものすごく褒めちぎってくれているのだが、当のリーニャは遠い目をして立ち尽くしていた。

「嬉しくないです……」

リーニャは虹色のやたら派手で大きい帽子を無理矢理頭に被らされており、最早辱めを受けている心地しかしていなかった。

少し離れた場所から、ロゼットも同情的かつ引き気味な表情でリーニャを見つめていた。鏡がなくとも自分が滑稽な姿をしていることが分かってしまって、余計につらいリーニャである。

（国が大変なのに、なんでこんなこと……！）

リーニャは眉を吊り上げてジルを睨むが、残念ながらその意図は伝わらず。ジルからはパチンッとラブリーなウィンクが返ってきただけだった。

（もうっ！　ばかっ！）

リーニャたち【キャンディハウス】が先日解決した、魔法樹教会で起こった亜人に対する【隷従魔法】の使用、及び監禁事件――。

その後、ジルとフランシスの調査により、裏で糸を引いていたのが王弟オリバーであることが判明し、ミッドガルド王国とデモニア王国は大きく揺れた。

タイミングが最悪だったのだ。

ミッドガルド王国とデモニア王国は、親交を深めるための二国会議を毎年開催しているのだが、事件の発覚とオリバーの逃走がその直前だったのだ。

デモニア王は事件を平和条約違反であると痛烈に批判し、人間による亜人の人権侵害を看過するわけにはいかないという声明を発表した。両国の間に一触即発の空気が漂い、最早二国会議どころではないのでは……と、人間側は肝を冷やすこととなった。

だが、そんな時にデモニア王国の第二王女が「不和こそ会議で解消すべき」という声を上げた。

その後、娘に触発される形でデモニア王が予定通りの会議開催を要求。自分が王弟を見つけ出して捕らえてやるとまで言い出した。

己の強さを誇りとする亜人らしい決断と意気込みにデモニア国民だけでなく、ミッドガルド国民までもがその勇断を讃え、大盛り上がり……。そして民衆は歓迎の祭りを開催……といった現状だ。

（人間が亜人の王様を『かっこいい』って言うような世の中になったことは、すごく感慨深いけど……）

城下町のお祭り騒ぎを楽しむ赤いドレスの亜人美女を見つめながら、リーニャは苦笑いを浮かべた。

彼女こそが、デモニアの第二王女。強さと聡明さを見込まれ、王位第一継承者の地位にある獅子族の女性、アマンダだ。

「レインボーグッズは、デモニアとミッドガルドの友好の証。つまり公式グッズ、さらに言うと税金の塊ですわよ？　在庫だらけでは、両国民が怒り狂います。何としても流行らせなければ！」

アマンダは王都の城下町で大量に祭りグッズを買い込むと、次はロゼットに無理矢理虹マントを羽織らせようとしていた。ロゼットは顔をしかめて断ろうとしているが、王女様の圧はな

かなかに強い様子だ。

この王女様こそが、今回【キャンディハウス】に寄せられた依頼のキーマンだ。

フランシスからの新しい依頼である。来訪した王女アマンダを後学のために町案内し、護衛することと——言い換えると、王女様の観光に付き合ってあげてほしい……ということだった。

「まったく！　虹は半亜人の魔導師様を想起させる、平和の象徴ですわよ？　恥ずかしがる必要なんてありませんわ！」

「断る……！　リーニャだけにしてくれ」

「私を生贄にしないでよ！」

虹色マントを持ってロゼットとリーニャを追いかけ回してくるアマンダは、美人で明るくて素直で自由奔放。王女という立場でありながら、リーニャたちに気安く接してほしいと自ら頼んでくるようなフレンドリー全開の女性だった。

そして彼女の振る舞いは、人間の国でも堂々かつのびのびとしていた。

自身もレインボーグッズを大いに楽しみ、町の広場では踊り子に交ざって陽気に踊り、人間の子どもたちからは花冠をプレゼントされ、景気づけに魔法の花火をたくさん打ち上げた。

（この国に来たばかりなのに、町の人とあんなに打ち解けて……。すごいなぁ……）

リーニャは真昼の空に咲く大輪の花を見上げながら、ため息を吐き出した。

自分にはないものばかりを持つアマンダのことが、羨ましくないといえば嘘になる。

彼女は生まれも育ちも恵まれ、魔法だって使うことができるし、親だけでなく民からも愛されている。

そして……そして――。

（――この魅惑のボディ!!）

人間のデザイナーが作ったドレスを欲しがったアマンダと洋裁店に来たものの、一緒にＶＩＰ試着室に連れ込まれたリーニャはドギマギして真っ赤になっていた。

デモニア王国には、ミッドガルド王国のようなコルセットを着ける文化はない。

動きやすさを重視した軽くて薄い下着を纏うことが一般的なのだが、アマンダは下着代わりに胸にサラシを巻いていたのだ。

「胸が大きすぎて、よくドレスを破ってしまいますの。ミッドガルド王国のドレスは丈夫だといいのですけれど……」

どれだけ凶器的グラマーボディなんですか、と言いたくなってしまう。

彼女に比べるとリーニャの体は貧相に見えてしまい、なんだか泣きたくなってきた。

「あの、私やっぱり試着室の外で待ちますよ……？」

アマンダの胸の迫力に圧されたリーニャは、遠慮がちにそう提案した。

しかし、アマンダはリーニャの退室を許さなかった。

「知らないお店の方よりも、リーニャ様がお着替えを手伝ってくださった方が安心ですもの！わたくし、人見知りなんですの！」

「すごく嘘っぽいですけど？」

リーニャの困り顔を見て、アマンダはくすくすと可笑しそうに口元を押さえた。控えめな笑顔でさえ煌めいていて、圧倒的な愛されオーラが眩しくてたまらない。

リーニャはあれもこれもとドレスを試着しまくるアマンダの手伝いをしながら、眩しさを軽減する色付きの眼鏡を掛けたい気分になっていた。

そんなリーニャにアマンダが小声で話しかけてきた。

「ね、リーニャ様。よろしければ、ドレスをプレゼントさせていただいても？」

「えっ？」

「だって、あんなレインボウシがわたくしからの贈り物として残るのは不本意ですもの！　お揃いの赤色のドレスはいかがでしょうか？」

（あんなレインボウシって……）

アマンダがレインボウシのデザインを「ダサい」と理解していたことに触れたいリーニャだったが、素早く魔女装束を脱がされてしまい、それどころではなかった。

「あ、あのっ、私、ドレスなんて……！」

「あら。わたくしの好意を受け取ってくださらないの？」

潤んだ上目遣いで甘えた声を出されると、嫌だとは言えなくなってしまった。

まぁ、タダでくれるならもらってもいいかなと考え直し、リーニャはお人形のようにドレスを着せられることにした。アマンダは王女でありながらとても手際がよく、あれよあれよという間にリーニャは着飾られていった。

「ふふっ。いつもと違う情熱的な雰囲気に、ジークルビア様もドキドキされると思いますわ」

「ジルをドキドキさせてどうしろと……」

「あら。てっきり恋仲かと」

「違います……！　私が魔法の師匠で、ジルが弟子で……。あの子がこーんな子どもだった時からの付き合いなんですよ！」

「まぁ！　そうだったのですね！　ジークルビア様の少年時代……。さぞお可愛いかったのでしょうね」

「可愛っちゃ可愛いですけど、すっごく生意気でしたよ。魔法に長ったらしい呪文を付けて最強ぶったりして」

「まぁ！　古代語の詠唱ではなくて？」

「はい。あの子、詠唱なしで魔法が使えてしまうので、呪文はただのかっこつけ目的なんです。なんなら杖だってかっこつけアイテムです」

「まぁ、すごい！　デモニア中の亜人が嫉妬する魔導師様ですわね！　でもそれ、結局、弟子自慢ですわよ？　リーニャ様」

「えぇっ!?　でも、『先生に相応しい男になる』とか言ったりして、生意気全開でしたし……」

話し上手なアマンダとの会話は小気味よく続き、リーニャは自然と笑顔で昔話を語っていた。

ジルとの思い出を振り返ると心がぽかぽかと温かくなり、今のジルのことを思うと胸の奥がきゅんとした。そんな気持ちを少しだけ言葉に乗せて話すのが楽しかった。

「うふふ。当時は生意気だったかもしれませんけど、今、ジークルビア様はリーニャ様に相応しい男性になられたのでは？」

「だ……だから、ジルは私の弟子で……」

ぐるりと一周して再び恋愛の話に戻ってしまい、リーニャはおろおろとたじろいだ。

しかし、アマンダは形のよい眉をハの字にして、不思議そうに小首を傾げていた。

「あらまぁ。師匠と弟子が恋をしてはいけない理由がありますの？」

「理由⁉　理由……ですか……？　えっと、理由は……」

理由理由理由と何度も繰り返しながら目を泳がすリーニャを見て、アマンダはじれったそうに頬をぷくっと膨らませた。

「ぐずぐずしていたら、誰かに奪われてしまいますわよ？　なんならわたくしが、がぶっと美味しくいただいて……」

「それはダメ――――！」

咄嗟にそう叫んだリーニャだったが、同時に頭の上から布を被せられてしまい、前が見えなくなってしまった。赤い布だ。触った感じは頭巾のようだった。

「ひあっ⁉　何するんですか！」

素っ頓狂な声を上げながら頭巾からやっと顔を出すと、目の前の鏡には獅子耳付きの赤い頭巾を被り、真っ赤なドレスを身に纏ったリーニャの姿が映っていた。

（ライオンの赤ずきん……？）

リーニャが呆気にとられていると、試着室の外からガサゴソという物音がした。気が付くと、試着室にアマンダの姿が見当たらない。

リーニャは青ざめ、血の気がぐんぐんと引いていくのを感じた。

（うそ⁉　王女様、逃げた⁉　それとも悪党に攫われた……⁉　まずいまずいまずいわよ！　護衛失敗は国際問題っ！）

ハラハラと心臓が飛び出そうな思いで試着室を飛び出したリーニャは、再び驚かされることとなった。

「見つけたぞ、王女アマンダ……！」

いつの間にか背後に黒衣の男が潜んでおり、リーニャの首筋に短剣をぴたりと突きつけていたのだ。ひんやりと冷たい刃の感触にリーニャは震え、体を固くした。

「私、ちが……っ」

このライオン赤ずきんとドレスのせいでアマンダと勘違いされたことには気が付いたが、だからリーニャがどうこうできるわけでもない。

どうこうできるのは、リーニャが最も信頼している弟子だ。

「王女様をエスコートするのは、この俺‼」

店内に待機していたジルが商品棚の間からひらりと姿を見せると、そこからは一瞬だった。

ジルが片足をダンッと床に打ち付けると、足元から木の根のような氷が店内を這い、あっという間に黒衣の男の両足を捕らえて凍らせてしまったのだ。

「なっ⁉　待て！　逃げる気か⁉」

「へいへい！　追いかけてきてもいいぜ？　無理矢理動くとその足、砕け散るけど」

ジルは飄々とした態度で黒衣の男の頭上を飛び越えると、そのままリーニャをひょいっと軽く抱き上げた。「ひゃっ！」と短い悲鳴を上げるリーニャのことなどおかまいなしに、ジルは全身を弾ませるようにして店を駆け抜けていく。

「騎士団には通報しといたぜ！　あとこれ、床の修理代とドレス代な！」

ジルは洋裁店の店員に札束をぽーんっと放り投げると、リーニャをお姫様抱っこした体勢のまま、大通りに飛び出した。

「ジル！　私、アマンダ王女じゃ――」

リーニャは獅子耳付き赤ずきんを脱ごうとするが、いくら引っ張っても一向に取れる気配がない。もがもがと頭巾と格闘するリーニャのことが相当面白かったらしく、ジルはケラケラと愉快そうに笑った。

「それ、アマンダが魔法でくっつけてるから取れないよ」

「えっ⁉」

「今日は王女のフリして、スリリングなデートしよ。先生♡」

愛おしそうに目を細めているジルの眼差しを受けて、リーニャはようやく自分が嵌められたことに気が付いた。

リーニャの役割は、アマンダを狙う暗殺者を引き付けることなのだろう。さすがはデモニア王国の未来を担う王女様だ。命は狙われ放題らしい。

「最初から、私を囮にしようとしてたわけね。アマンダ王女は私の服に着替えて、祭りを満喫してるってとこ？」

「そーそー。まだ試着室に隠れてると思うけど、すぐロゼットが護衛に付くよ。大丈夫！　先生のことは俺が守るから、派手に遊ぼう！」

ニッと爽やかに顔をほころばすジルに対して、リーニャは怒りを感じなかった。

もちろん、自分だけ囮計画を知らされていなかったことは腹立たしいが、それ以上にジルのそばに堂々といられることが嬉しかった。

リーニャはいつもジルから「気にしなくていい」と言われながらも、やはり彼の隣を歩くことに多少の引け目を感じていたのだ。

皆から愛され、尊敬される魔導公爵と、何も持たない『角折れ』亜人の自分は、傍から見れば釣り合いの取れない二人でしかない。けれど、普段嫌というほど注がれていた冷たい視線を、今はまったく感じない。

虎の威を借る狐……ならぬ、獅子の威を借る羊だ。

(アマンダ王女の姿を借りていれば、何も考えずにデートが楽しめるのかも……って、私、今、ジルとデートしたいって思った!?)

ふと、そんな思いが頭をよぎり、リーニャは自分自身の欲求に大いに驚いてしまった。

心臓がドクドクと早鐘を打ち、収まる気配はない。

そのことがジルにバレないよう、リーニャは慌てて「絶対守りなさいよね！」といつも通りの強気な口調で叫んだ。

「守るよ！　何せ、長ったらしい呪文を唱えて最強ぶってたかっこつけの弟子は、今や最強の魔導師だからさ！」

「うそっ、それ聞こえてたの⁉」

「だって、試着室の前にいたし。俺の黒歴史をペラペラとさぁ。お喋りな先生にはえっちなお仕置きをしないと——って、聞いてる？　先生？」

アマンダにされた恋愛話のせいだろうか。リーニャはすっかり調子を狂わせていた。

もしかして、恋のくだりも聞かれていたのではないかと気が気ではないリーニャの耳には、ジルの声は届いていなかった。頬は真っ赤で、体は熱くてたまらない。

「えっ？　えっ？　なんて？」

「……やっぱり、先生には飴だよな。たっぷり甘やかす方が楽しい」

ジルはリーニャの頭巾の中に隠れているツノをすりすりと指で撫で、ついでにリーニャのもじもじとした反応を楽しむと、「んじゃ、行こっか。お祭りデート」と声を弾ませた。

「仕事よ！　仕事！」

リーニャは、取り繕うような澄ました態度でそう言った。

だが、ジルと巡る祭りは仕事であることを忘れるほどに、楽しくてたまらなかった。

「うわぁ〜っ！」

と、リーニャが思わず瞳をキラキラさせて見惚れたものは、五段重ねのアイスクリーム。店主がアマンダ王女大歓迎の気持ちを込めてオマケしてくれたのだ。

ジルは揚げたてのチュロスを購入しており、リーニャはそれを一本もらってアイスクリームに突き刺した。

「お祭り最高……！」

「溶ける前に食べろよ、先生」

ジルはリーニャからアイスを数口もらい、満足そうに舌をぺろりと出している。

その仕草にリーニャはドキドキしてしまったが、誤魔化すようにしてチュロスにぱくついた。

「美味しい！　甘くてサクサクだわ!!」

「う〜ん、腕相撲大会で頑張った俺に染みる甘さ」

「頑張ったって、三秒じゃない」

「偉大な三秒だよ」

ジルが誇らしげに語っているのは、先ほど参加してきた腕相撲大会のことだ。

人間と亜人が入り乱れての腕相撲大会には、力自慢がたくさん集まっており、面白そうだと言ってジルも勇んでエントリーした。

しかし、ジルはたったの三秒で相手の兎亜人にノックアウトされてしまい、会場は逆に笑いで大盛り上がりだったのだ。

「俺、すげー労われたもん。ジークルビア様、生身で大健闘！　って。男らしくなかった？」

「皆面白がってたけど……。はいはい。男らしくってかっこよかったわよ」

リーニャが背伸びをしてぽんぽんと頭を撫でてやると、ジルは不満そうに「頭ポンじゃなくてさ～」と口を尖らせていた。

ジルの言いたいことは分かっていたが、リーニャは彼が本当に欲しがっているご褒美をあげる勇気がなかった。ジルから寄せられる好意が本物であることも、自分もまたジルに同じ想いを抱いていることにも、心の奥底では気が付いている。

（でも……でも、私みたいな『角折れ』が、公爵様相手にどうしろっていうのよ……！）

きゅうぅぅんっと胸が締め付けられ、リーニャはそれを呑み込むようにしてアイスクリームコーンを平らげた。

対等な相手との恋すら考えられないのに、立場が圧倒的に上になってしまった弟子と愛し合うことなど、想像することができなかった。

「どしたの、先生。悩み事？」

不意にジルが顔を覗き込んできたため、リーニャは飛び上がりそうになってしまった。美形の接近は心臓によろしくない……というか、意中の相手の顔面偏差値が高すぎて困る。

ジルの煌めくグリーンの双眼には恥ずかしがるリーニャの姿が映っており、それがまたいっそう恥ずかしかった。

「なんでもないわよ……！　アイスを味わってただけっ！」

「そっか……俺はね、ちょっと悩んでる。どうやったら先生に俺の本気が伝わるのかなって」

「え――？」

リーニャの顔にジルの濃い影が落ちる。

優しい目をしたジルがリーニャの華奢な体をふわりと包むようにして抱きしめ、「先生」と愛おしそうに囁いた――かと思えば。

ドゴォンッ！　と鈍い音を立てて、ジルの燃える拳が炸裂した。

リーニャが仰天して振り返ると、すぐ後ろで黒衣の暗殺者が目を回して伸びていた。どうやらリーニャの背後に暗殺者が迫っていて、ジルが魔法と体術の合わせ技で倒してくれたようだった。

「チぃっ。こいつら邪魔だな。先生と本気のデート中なのに」

「デートじゃなくて囮だから！　私が狙われることに問題はないの！　倒してくれてありがとう！」

すっかりいつもの愉快な空気に戻ってしまい、リーニャは照れ隠しで大袈裟に手をぶんぶんと振った。

もしかしたら改まった告白をされるかも……なんて想像をしてしまった自分が恥ずかしくてたまらず、感情を悟られないようにと赤ずきんを深く被り直した。

ちょうどその時、助け船のようなタイミングでアマンダとロゼットが駆けてきた。

アマンダはリーニャの魔女装束の上から虹色のマントとレインボウシを着けて浮かれた様子

かと思いきや、「ピンチですわ‼」と切羽詰まった表情だ。

「アマンダ王女！　まさか暗殺者が⁉」

「いえ！　お洋服の胸元が裂けてしまって‼」

ある意味衝撃の報告にリーニャは思わず苦笑いするしかなかった。

（そういえばこの人、胸のせいでドレスが破れるって言ってたなぁ……ってか私の服‼）

「すまん、リーニャ。王女に新しい服を見繕ってくれ……！」

すっかりくたびれた様子のロゼットが、リーニャに縋るように頼み込んできた。

アマンダの胸元から目を逸らしながら護衛をしていたであろうロゼットのことが、リーニャは気の毒でたまらなくなった。虹色マントは、彼がアマンダのために慌てて購入したものかもしれない。

「服の破れ方、すげーお転婆だな！」

お転婆で胸元は裂けないと思うのだが、ケラケラと楽しそうに笑うジルを見ていると、リーニャの心は自然と満たされた。

ジルにはいつでも笑っていてほしい。

ふと、アマンダがリーニャのことをにんまりと見つめていることに気が付いた。目が合うと、アマンダはパチンッとウィンクをくれたので、リーニャは思わず赤くなってしまった。

理由は、ウィンクがあまりにもセクシーだったというだけではない。アマンダの瞳が、リーニャに訴えていたのだ。

『師匠と弟子が恋をしてはいけない理由がありますの？』

（そうね……、理由なんてない）

一度結んだ関係が、ずっと同じである必要はない。人の感情は、当たり前のように変わっていく。リーニャとジルもそうだ。

（私はジルのことが好き。たとえ『できそこない』でも、ジルがかまわないと言ってくれるなら、私は一番近くにいたい……）


数日後の昼間、リーニャはガルタン領の市場で買い物をしていた。

王都では連日二国会議が開催されているためか、ガルタン領の商人たちもそれに便乗して、「亜人歓迎セール」を行っている店が多く見られた。これは亜人のリーニャとしては単純に有難いことなのだが、それとは関係なくある高級素材が大安売りされていることが気になった。

魔法樹ユグドラシルの花だ。

以前、シロップを作った時もかなりお手頃価格だとは思っていたが、今は輪をかけて安くなっている。店頭に並んでいる数が異常に多いので、大樹から大量に花が散っているのだろうかと、リーニャは想像を巡らせた。

（ユグドラシルは、大気や大地に眠る魔力を循環させる。花を咲かせるのは、ユグドラシルに魔力が豊富な証だけれど——）

ユグドラシルのことを考えると、嫌でもベルトレッドが口にした「肥料」という言葉を思い出してしまう。

ジルとフランシスの調査の結果、そのベルトレッドとオリバーが裏で繋がっていたことが分かった。

そのこととリーニャが見聞きした内容を踏まえると、ベルトレッドは教会の設立支援と引き換えに、捕らえて奪った亜人たちの魔力をオリバーに献上し、オリバーはその魔力をユグドラシルに注いでいたということになる。

（魔力が潤沢だから、ユグドラシルはたくさんの花を咲かせている。でも、これがどうやって悪事に繋がるの……？　オリバーの目的はいったい何……？）

現在ベルトレッドは王城の地下牢に収容されているが、オリバーの目的についての情報は引き出せていないらしい。デモニア王国は彼の身柄の引き渡しを会議で主張しているそうなので、もしかしらたミッドガルド王国は貴重な手掛かりを失ってしまう可能性もあるが、それよりもデモニア王国の兵の力を借りてオリバーを見つけ出すことの方が有益か――……。

そんな議論が国のお偉方の間で交わされているとジルは話してくれたのだが、それを知ったところでリーニャに何かができるわけではなかった。

リーニャは市場でりんごをいくつか購入すると、足早に帰途に就いた。

今日は、すでに【キャンディハウス】を閉じていた。朝一番に魚市場の競りを見に行くアマンダの護衛任務をこなし、本日の仕事は完了としたのだ。

そして、仕事をオフにした理由こそが「リーニャの告白大作戦！」だった。

ついにリーニャは自らを振るい立たせ、ジルに自分の気持ちを伝えようとしているのだ。

やはり、ジルの愛の囁きに乗っかる形ではなく、きちんと自分の言葉で伝えたい。それが師匠としてのケジメだと、リーニャは思っていた。

（やるわ！　私、やるんだから！）

メラメラと闘志を燃やしながら、リーニャは店のキッチンでアップルパイをせっせと焼いた。

ジルの大好物で彼を出迎え、その流れで想いを告げるつもりだった。

ジルは、リーニャが店にいることを知らない。本当は魚市場の護衛任務の後、リーニャはガルタン家の人々と共にジルが計画してくれた旅行に行くことになっていたのだ。行き先はジルが所有する別荘地。ガルタン領からは片道三〜四日ほどの距離にある、自然溢れる田舎町だ。

もちろん、国が落ち着かないタイミングでなぜ旅行なのだと、リーニャは不思議に思ってジルに問うた。

彼によると、別荘の近くではこの時期にだけ、貴重な薬草が見つかるらしい。ちょうど明日からはアマンダも二国会議に参加するため、護衛任務が終了となり、行くなら今しかない

……！　とのことだった。

リーニャは貴重な薬草と聞いて採取に燃えていたのだが、数日悩んで、これはチャンスだと思い直し、ジルに内緒で旅行を辞退したのだった。

ロゼットは、「ジル様はサプライズがお好きだ。トドメ刺してこい」と物騒なエールを。モンドールは「よい報告を待っておるよ」と笑顔で背中を押してくれ、パルアは「私たちがいな

いから、お屋敷は好きに使ってね！」と意味深な許可をくれた。

ジルだけでなく、皆をずっと待たせてしまっていたことに今さら気が付いたリーニャは、なんだか彼らから勇気をもらった気分になっていた。

（大丈夫。ジルだってきっと喜んでくれる。後のことはきっと、ジルと一緒ならなんとかなる！）

ほかほかと美味しそうに焼き上がったアップルパイを持って、リーニャはジルが帰ってくるであろう公爵屋敷で彼を待った。

たしか彼は二国会議に出席すると言っていたので、帰りは遅いのかもしれない。だが、リーニャのアップルパイは冷めても美味しいので問題はないはずだ。

リーニャはジルが顔をほころばせる姿を想像しながら、アップルパイに添えるアイスクリームを追加で作ったり、ティーセット選定大会を開催したりしながら彼のことを待って、待って、待ち続け――。


けれど、夜が明けてもジルは帰ってこなかった。

うっかり寝落ちしてしまい、屋敷の居間のソファで眠り込んでいたリーニャは、カーテンから射し込む朝陽の眩しさで目を覚ました。

夜の間にジルが帰ってきた気配もなく、シン……と静まり返った屋敷がいっそう広く感じられた。

（ジル、忙しかったのかな……）

胸の隙間に寂しさと落胆が募り、リーニャは黙って肩を落とした。張り切っていた分だけ残念な気持ちが大きいが、勝手に告白しようとしていたのだから仕方がないだろう。

リーニャはそう思ってアップルパイの皿を抱え、とぼとぼと【キャンディハウス】に戻ろうとしたのだが――。

「うぎゃっ！」

玄関を出たところで、ちょうど屋敷を尋ねて来た女性にぶつかってしまい、リーニャは尻餅をついてしまった。幸い、大事に持っていたアップルパイは無事だったので一安心だが、お尻がじんじんと痛い。

「ご、ごめんなさい！　リーニャさん、こっちにいたのね！」

屋敷を訪れたのはクロエだった。たいそう急いで走ってきたのか、なんとネグリジェ姿のままだった。

「クロエさん、服が……！」

「平気よ！　馬をかっ飛ばしてきたから、皆残像しか見えてない！」

次期王妃、勇ましすぎる。

王城で王妃教育を受けていると噂のクロエは、「軍馬を盗んだわけじゃないわ。フランシス殿下の馬を拝借したの」と言いながら、リーニャの手を引いて助け起こしてくれた。そしてハッと思い出した様子で、今朝の朝刊と思しき新聞記事を突き出してきた。

「そうそう、これ！　落ち着いて読んで！」

どうやらクロエはリーニャに記事を見せるために馬を飛ばしてきたらしい。

「いったい何の記事……？」と、首を傾げながら新聞を受け取ったリーニャの目に飛び込んできたものは、信じ難い見出しだった。

「ガルタン公爵……アマンダ王女と婚約!?」

手がぷるぷると震え、焦点がブレそうになるが、記事の内容は間違いなくジルとアマンダの婚約報道に違いなかった。二人が仲睦まじそうに並んで写っている写真まで載っている。

記事によると、昨日の二国会議で二人の婚約が決定し、明日にはミッドガルド王城で婚約披露パーティが行われる……、婚約後は、ジルはデモニア王国で王配教育を受けるとあった。

つまりは政略結婚。頃合い的に魔法樹教会の事件も関係していると思われるが、これまで認められなかった人間と亜人の婚姻を認める条約の制定と共に、ジルはデモニア王国に婿入りするのだ。

国一番の魔法の使い手を差し出そうというのだから、ミッドガルド王家の抱く友好の意思は相当なものなのか。あるいは、デモニア王家からの有無を言わさぬ圧力があったのか――。

記事からはそこまでは読み取ることができなかったが、とにかくリーニャはショックでしばらく言葉を失ってしまった。

貴族の政略結婚など、よくある話だ。さすがにそれくらいのことはリーニャだって知っていたし、理解もできる。けれど、感情が追いつかない。

「リーニャさん、その……元気出して？　私が言っても嫌味にしか聞こえないかもしれないけど、本当はジークルビア君だって悲しんでると思うの……。でも、王命には逆らえないから……」

クロエはすっかり黙り込み、俯いてしまったリーニャを浮かない顔で覗き込んだ。ふるふると小刻みに震える肩に優しく手を当て、彼女なりに心配してくれているようだった。

「そうだ！　景気づけに私とパジャマパーティでもする？　そのアップルパイ食べましょうよ、女子会よ！　だから、泣かないで」

「ありがとう、クロエさん」

顔を上げたリーニャの琥珀色の瞳には、一滴の涙も見当たらなかった。

リーニャは口の端を上げて不敵に笑うと、アップルパイを片手に高らかに宣言した。

「私、弟子の勝手な婿入りは認めません！」

王都がガルタン公爵とアマンダ王女の婚約のニュースで沸いていた頃――。

ミッドガルド王城の薄暗い地下牢に、転移魔法で現れた男がいた。

男はコツコツと靴音を鳴らしながら石造りの通路を進み、ある亜人を収容している牢の前で足を止めた。

「おやおや。このような場所に来てよろしいのですか？　私が大声を上げれば、たちまちあなたもこちら側ですよ」

「その前に貴殿の舌を引き抜き、姿をくらますことくらいは容易だ」

「ククク……さすがは元魔導将軍様ですねぇ」

喉を鳴らして笑うベルトレッドは、牢の石壁にもたれたまま鉄格子の外を見つめた。

転移魔法で出現した男は、ミッドガルド・デモニアの両国から追われている王弟オリバーだった。

オリバーが手に持つ杖からは、高度な防音と気配消し魔法の魔力が漂っているので、やはりそう簡単に捕縛されるつもりはないらしい。彼は深く被っている外套から青い瞳を鈍く光らせ、牢の中にいるベルトレッドを見下ろした。

「貴殿は魔導公爵と対峙したのだろう？　奴の正体をどう見る」

「なぜそんなことを聞くんです？」

わざわざそんなことを聞くために危険を冒して王城にやって来るとは……と、ベルトレッドは驚いて眉をひそめた。しかし、その一方で圧倒的な魔法を見せつけ、自分をこの牢に叩き込んだ赤髪の魔導師に特別な何かを感じたことも嘘ではなかった。

「気になりますか？　彼のことが」

「先日の城下町で、奴は私の存在に気が付いていた。姿が見える距離ではない。わずかに漏れる魔力を知覚したのだ」

「まぁ、その程度のことは呼吸と同じなのでしょうね」

ベルトレッドがせせら笑うと、オリバーは眉間に皺を寄せた。

言葉よりも無言の圧の方が強く、ベルトレッドは彼の焦燥をフンと鼻で笑い飛ばす。

「獣耳も尾も牙も翼も鱗もない。見た目は完全に人間。けれど、彼の魔力は亜人をはるかに凌ぐ。ご存じでしょうか？　デモニアとミッドガルドが建国されるよりも昔――亜人と人間が共存していた時代に、ごく稀に強大な魔力を持って生まれる者がいたそうです。それを祝福と呼ぶか罪と唱えるかは時代によって異なるようでしたが」

「回りくどい言い方はやめろ」

「おや。あなたもその血族と対峙した経験がおありでしょう？　ちょうど三十年前に」

オリバーの眉がぴくりと動いた。

今、オリバーが思い出しているのは、ユグドラシル戦争が終戦となった日の出来事――。

要塞の上空で雨を降らし、虹を架けたふざけた赤髪の魔導師。

あの時、息の根を止めることができていればと何度も後悔し、恨んだ相手――半亜人の魔導師だった。

「まさか、奴の正体は……」

第六章　できそこないだった魔女の嫁入り

ミッドガルド王城の大広間——。

ガルタン公爵ジークルビアとデモニア王国のアマンダ王女の婚約披露パーティは、昼間から盛大に催されていた。

両国の名産をふんだんに使ったご馳走や酒、優雅な音楽を奏でる楽団、招かれた上級貴族や政界の要人たちも皆美しく着飾っており、会場は華やかさで満たされていた。

「この度は誠におめでとうございます。麗しいお二人はまるで美の神のようですな」

「まぁ、そんな……」

「私などアマンダ王女の添え物でしかありませんよ」

犬耳の亜人貴族に挨拶をされ、アマンダは上品に扇子で口元を隠し、ジルは淡く微笑んだ。

犬耳貴族が「美の神のよう」と言ったのは社交辞令などではなく、会場にいる誰もがそう思っていたことだ。婚約が決まった二人は、直視するのも躊躇われるほど優美でキラキラとした空気を纏っていた。

ガルタン公爵とアマンダ王女の二人ならば、きっと両国を繋ぐ平和の象徴になってくれるに違いない——皆、そういった期待を強めていた。

「急な婚約ではあったが、いやぁ、誠に絵になる絵になる」

「よう！　仲良くやってるみてぇだな！」

背中側から声を掛けられ、ジルとアマンダはくるりと後ろを振り返った。

声の主はテオドール王と、アマンダの父——デモニア王国のデュラン王だった。

デュランは見上げるほどの長身に、はち切れそうな筋肉、鋭い牙と爪、そして立派なたてがみを蓄えた雄々しい男性だ。それなりの年齢のはずだが見た目が若々しく、現役の戦士であると言われても納得できる風格を備えていた。

ジルとアマンダが「陛下」、「お父様」と言いながら恭《うやうや》しく頭を下げると、デュラン王はうんざりしたようにかぶりを振った。

「よせよせ。今日の主役はお前たちだ。ま、次はウチの城でパーティだからな！　隙をみて休んどけよ、特にガルタン公爵！　デモニアの宴は三日がかりだ」

豪快に体を揺すって笑うデュランを前に、アマンダは「お父様ってば、無茶ばかり言って……」と、綺麗に整えられた眉を困り気味に下げている。

「お気遣い感謝いたします。では、少しだけ外の風に当たって参ります」

「おう！　そうしろいっ！」

デュランがジルの背中をバシッと威勢よく叩いた。

ジルはよろけながらも優雅な動作でお辞儀をすると、微笑みを浮かべたままバルコニーに向かって歩いていった——のだが。

「ぐぁぁ〜〜〜……！　デュランのおっさん、俺を叩き殺す気かぁぁぁッ！」

ジルはバルコニーの柵に突っ伏して、悲鳴を垂れ流していた。

先ほどまでの優雅な微笑みは見る影もなく、すっかり笑顔は崩れ去り、三つ編みに結んだお気に入りの髪飾りでぐだぐだと手遊びを続けていた。

「あーもう、しんどい！　せめてミッドガルド王国の貴族には挨拶の整理券を配布してくれって、フランシスに言っといてくれるか？」

「名案じゃない。伝えておくわ」

ジルは振り返らずに、「サンキュ、クロエ」と付け加えた。

ジルは見知った者の魔力であれば、誰のものなのかを感知できてしまう。王妃候補のクロエが婚約披露パーティに来ていても何も不自然ではないので、彼女がバルコニーに来ていることがすぐに分かった。

「ご家族はいらしてないのね。アマンダ王女のご親族はあんなにたくさん来てるのに」

「こんな嘘くさい笑顔振りまいてる俺なんて、見せられるわけないだろ？」

「政略結婚、受け入れられない？」

遠慮なしのクロエにジルは重たいため息を吐き出した。

「答える必要あるか？」

「いかにも未練たっぷりね。……答えてあげてよ。愛しの先生に」

「……は？」

ようやく顔を上げて振り返ったジルの目に映ったのは、ふんわりと膨らんだ美しいドレスに身を包んだクロエ。そして、クロエのドレスのスカートの中からひょっこりと這い出てきたリーニャだった。

「ごめん、ジル……来ちゃった」

「せんせ……⁉」

気まずそうに笑うリーニャを見て、ジルは素っ頓狂な声を上げた。

「ななな何してんだよ――ッ⁉」

ジルは高速でリーニャに駆け寄り、抱き寄せて捕獲した。リーニャは声を上げる暇もなく、目がテンだ。

「俺、別荘に行ってきてって言ったよな？　先生、荷造りしてたよな？　薬草採るって意気込んでたよな？　ばあちゃんたちと湖畔でバーベキューするって計画立ててたよな？　肉いっぱい食べるって言ってたよな？　な？」

リーニャがここにいることが信じられない様子のジルは、早口でまくし立てた。とてもではないが、冷静ではいられなかった。

「う……うん。皆と旅行するつもりだったんだけど、ちょっとやりたいことがあったから……」

「そんなの俺に言いつけてくれたらやっといたって！」

「ジルにだけは頼めないわよ！」

「だいじょぶ！　俺にできないことはない！」

もじもじと顔を赤くするリーニャの思考が読めず、ジルはあたふたと頭を抱えた。予定外すぎた。一番リーニャには来てほしくなかったのだ。

「ってかクロエ！　お前、先生をこんな場所に連れてくんなよ！　ドレスの中に隠すとか、無茶すぎんだろ！　余計なことを――」

憤りの矛先をクロエに向けたジルだったが、リーニャが「待って」と素早く間に割って入った。

「違うの！　ここに来たのは私の意思。ジルにどうしても会いたかったから、クロエさんに協力してもらったの！　あの新聞記事を見て、居ても立ってもいられなくて……」

ジルはハッと息を呑んだ。

何も知らされず、ジルの婚約を突きつけられたリーニャの気持ちのすべては分からない。だが、「居ても立ってもいられなく」なった彼女の想いは、真剣な色で輝くその双眼から滲み出ていた。

ジルが言葉を探しながら沈黙していると、クロエは「私の役目は終わりね。ちゃんと二人で話し合うのよー」と、後ろ手に手を振りながらクールに去っていった。相変わらずの大物ぶりだった。

ジルは嬉しそうに手を振り返していたリーニャの手をグイと引くと、窓の向こうにいる来場客たちから彼女を自分の背中で隠すようにしてバルコニーの柵側に立たせた。

リーニャに注がれる眼差しは熱く、すべてを射抜くかのように真っ直ぐだった。

「俺に会いたかったたってホント……？　何も言わずに婚約しちゃったのに？」

「よく言うわよ」

リーニャはジルの三つ編みに結んでいる髪飾りを手に取り、顔をふんわりとほころばせた。

それは、リーニャがジルの誕生日に贈ったものだった。

「私に相応しい男、やめる気なかったくせに。記事の写真でも、これ見よがしに着けてたじゃない」

「俗世を離れて旅行中なら、絶対見ないと思ってたのに」

「まったく。私やモンドールさんたちを遠ざけて、何をする気だったの？」

リーニャは決まり悪そうにしているジルをフンと鼻先で笑った。胸の前で腕を組み、威厳のある態度で下からジルを見上げ、そして——。

「弟子の考えなんてお見通しよ！　私はジルの師匠なんだから！　あんた、王都で危ないことをする気なんでしょ？　私たちを巻き込まないように別荘地に追いやって、こそこそ婚約したりして……。【キャンディハウス】は二人のお店だし、どんな依頼も一緒に解決してきたじゃない……っ。ねぇ、ジル……私、そんなに頼りない？　魔法も使えないし、力が強いわけでもない……。だから、当然かもしれないけど……でも、でも……」

強気な口調はすっかり崩れてしまい、リーニャは声をくぐもらせていた。琥珀色の瞳からは涙がじわりと湧き、組んでいた腕は震える体をぎゅっと抱きしめていた。

（あぁ……だめ……。私ってば、かっこつかないなぁ……）

本当はかっこよくジルのもとに駆けつけ、ビシッとお説教をしてやろうと思っていたのに……と、リーニャは心の中でため息をついたが、最早溢れる本音は抑えきれなかった。

「私、ジルだけに重荷は背負わせたくないの！　それとも、あんたが婚約を喜んでいないように見えたのは、私の勘違い……？　もう会わないつもりだった？　こっそりデモニアに婿入りしようと本気で思ってた……？」

「先生……」

「七年前みたいに手放したくないの……。だから、私を選んで。何をしてでも必ず……、今度こそジルを幸せにするから――！」

ドクドクと心臓が激しく高鳴り、頬を大粒の涙が伝った。

以前のリーニャであれば、「ジルの幸せを願って」「ジルを尊重して」などと耳触りのよい言葉と共に大人しく身を引いていただろう。

けれど、今は違う。

婚約はジルの立てたなんらかの策だろうと予想はしていたが、わずかでもそうでない可能性があると思うと、不安で居ても立ってもいられなかった。黙って大人しく待っていることなど到底できなかった。

それは、リーニャが自分に自信がないから。

今まで誰にも選ばれたことがなく、孤独に慣れてしまっていたから。

クロエの前では気丈に振る舞っていたが、リーニャは婚約の記事を見た時、その場に崩れ落ちそうな気持ちだった。

間に合わなかったのは、自分がジルの想いを受け止めてこなかったせい。自分の本心から目を背けていたから、ジルは遠くへ行ってしまうのだ――そんな鬱屈した感情が胸の中に渦巻いた。

けれど、動揺に震えたリーニャを奮い立たせたものは、ジルがくれた笑顔や言葉、そしてたくさんの温かい思い出だった。

ジルと重ねた思い出が、リーニャに勇気をくれたのだ。

「どうして先生は、やることなすこと全部可愛いんだろうなぁ……。逆につらいんですけど」

ジルは幸せそうなため息を吐き出すと、リーニャを強く抱きしめた。すりすりとリーニャの頭に頬ずりし、しきりに「可愛い可愛い」と繰り返している。

「ちょ……っ、私は真剣に言って――」

かなり真面目に話していた自分が恥ずかしくなるほど、ジルが全力で可愛がってきたため、リーニャは顔を真っ赤にして抵抗しようとした。

リーニャがジルの腕から逃れようとジタバタしていると――。

「じゃあ聞かせて。リーニャ先生の愛の言葉。俺に『いい弟子』をやめていいって思わせる、とびっきりのヤツ」

「……っ」

耳元で甘い声音で囁かれ、リーニャは耳まで真っ赤になってしまった。

ジルが口にした「いい弟子」という言葉――。リーニャは、自分が誤って惚れ薬を飲んでしまった時にも同じ言葉を聞いていた。それはジルがリーニャからの答えを待つために、ジル自身を自制させる肩書だったはずだ。

「あ、愛の言葉……!?　さっきのじゃダメ？　けっこう頑張ったんだけど……っ」

リーニャはぷるぷると震えながらジルを見上げた。けれどジルは、「いいよ」と頷いてはくれなかった。

「足りないよ。もっと甘いのちょうだい？」

「えーとっ、そんな急に……愛……愛って……」

目を泳がせて戸惑うリーニャのことがさらに愛おしくなったのか、ジルはきゅうきゅうと抱きしめる力を強くした。

互いの体温がぐんぐん熱くなっていくのを感じ、リーニャの胸は弾けそうなほどドキドキと高鳴った。

その時だった。

「取り込み中、失礼する」

寒気がするような冷ややかな声が頭上から降ってきたかと思うと、宙に銀色の魔法陣が出現していたのだ。

「え……？」

リーニャたちが声のした方――転移魔法の魔法陣を見上げると、そこから一人の魔導師が現れ、トンッとバルコニーの柵に降り立った。

濃紺色の長い髪をした目つきの鋭いその魔導師は、逃走を続けていると噂の王弟オリバーだった。

「………………」

オリバーが杖をリーニャとジルに向け、ぼそぼそと古代語の呪文を唱えた。

かろうじてオリバーの声を聞き取ることができたリーニャには、それが何の呪文なのかが理解できてしまった。

古代語で唱えられた呪文の意味は「隷従」。オリバーが放った術は、【隷従魔法】だった。

「卑しき獣め。私の前に跪け……！」

向けられる憎悪が恐ろしかった。

オリバーの杖が黒々とした強い光を灯したかと思うと、真昼の空から天を割くような稲妻がうねりながら落ちてきた。

「ジル！」

「先生、危ない！」

ジルが、身が竦んで動けなくなってしまったリーニャに覆い被さった。庇われたリーニャはジルの重みによろけてしまい、バルコニーの床に倒れ込んでしまったが、幸い外傷はなかった。

大丈夫、とリーニャは自分に言い聞かせた。

自分たちに【隷従魔法】の影響はないはずだった。

（【隷従魔法】は、亜人から魔力を奪って苦しめる魔法……。人間のジルには効かないし、魔力のない私にだって――）

リーニャは覆い被さっているジルに声を掛けようとしたのだが、そこである違和感を覚えた。

ジルの体が軽いのだ。

「え……？　ジル……？」

リーニャは驚いて言葉を失ってしまった。

華奢な体に少しだけ長い赤髪をした少年――かつてリーニャと暮らした幼いジルの姿がそこにあったのだ。

「う……せん……せ……」

苦しそうに呻くジルは、リーニャにしがみつくようにして顔を上げた。髪が乱れた彼の額には、仰々しい紋様が浮かび上がっていた。

「これは……」

「【隷従魔法】を受けた者に刻む紋——隷従紋だ」

淡々としつつも、満足そうな声で答えたのはオリバーだった。

「私が生み出した【隷従魔法】は、隷従紋を通して相手の魔力を奪い、肉体と精神の結びつきを破壊する。その威力は隷従の首輪をはるかに上回るのだよ。ゆえに、短時間で急激に魔力を失った者には、肉体の異常な若返りや記憶の欠落症状だけではなく、遠くない未来に『死』が訪れるのだ——」

「そんな……！」

リーニャがジルの額に触れようとした瞬間、ドクンッと彼の隷従紋が脈打ち、黒い光と共に揺れた。同時にジルが苦悶の表情を強め、体を丸めて呻き声を上げた。

「ジル！　しっかり！」

苦しそうに喘ぐジルを抱き起こしたリーニャは恐怖をぐっと呑み込むと、「ジルに【隷従魔法】は効かない！　私を騙そうったってそうはいかないんだから！」と、オリバーを精いっぱい睨みつけた。

だが、オリバーはせせら笑ってリーニャに告げた。

「簡単な話だ。其奴《そやつ》の正体は人間ではない。卑しき半端な獣——、半亜人だ」

「半……亜人……？」

半亜人とは、人間と亜人の混血種——。

人間の容姿でありながら、魔力は亜人以上に膨大。それゆえに魔力の制御が困難な個体が多く、医学や生態学が未熟だった時代には、成人するまでに命を落とす者が大半であると言われていた。それが両種族の交わりを禁忌としてきた理由であり、リーニャが本から学んだことだった。

「うそ……ジルが……？」

動揺を隠しきれなかったのは、そう指摘されて考えてみると、半亜人の特徴がジルと一致していたからだった。

人間の容姿に膨大な魔力。出会ったばかりのジルは、自身の魔力を制御できずに弱りきっていた――。

「でも、それじゃあ……」

リーニャは血の気が引いていく感覚に囚われながら、息を呑んだ。

ジルのことをガルタン公爵家の後継者ジークルビア・ガルタンであると信じ、彼をパルアたちに託して去った自分の行いはなんだったのか。

ガルタン公爵家には、人間しかいない。亜人と交わった歴史などない。

ジルが半亜人だとしたら、リーニャの勝手な勘違いで、彼にまったく違う人物の人生を歩ませてしまったことになる――。

（そんな……。私、なんてことを……）

リーニャの顔は青ざめ、指先は冷たく震えていた。

ジルに味わわせた別れのつらさも、孤独も、巡り巡って今彼を死の淵に立たせてしまっていることも、すべてが愚かな自分のせいではないか……？

そう思えて、リーニャは息が止まりそうになっていた。

しかし、オリバーはちっぽけなリーニャの存在など、気に留める様子はない。

オリバーはリーニャの腕の中で苦しげに呻くジルを冷酷な目で見下ろしながら、ゆっくりと近付いてきた。

「赤い髪にエメラルドのような瞳……。三十年前の『あの日』から、貴様のことを忘れたことなどなかったというのに……。私としたことが、己の魔法によって宿敵の存在に気が付くことができぬとは」

「何を言って――」

オリバーのただならぬ殺気にリーニャはぞくりと震えた。

「邪魔だ。汚らわしい獣め！」

「きゃっ！」

恐怖を押し殺してジルを守ろうと抱きしめるが、リーニャはオリバーの杖で頭を殴られ、床に伏してしまった。ツゥと額に垂れる鮮血の温かさで眩暈がし、すぐに立ち上がることができない。

（だめ……、私がジルを守らないと……）

「貴様さえいなければ、私はあの戦争で亜人どもを皆殺しにできていた。彼女の望む世界を実現していたはずなのだ！」

「うっ、げほっ……！」

オリバーは左手でジルの細い首を乱暴に掴み、体を軽々と宙に持ち上げた。

息苦しさで朦朧としていた意識がわずかに戻ったらしいジルは、オリバーの手を剥がそうと必死にジタバタともがいているがびくともしない。

「ジル！」

「フン……。眠ったままであれば、苦しまずに逝けたものを」

「うるせんだよ……。くだらねぇ昔話……すんな……」

ジルの宝石に似た双眼の光が、オリバーを睨みつけた。

生意気で腹立たしげな彼の視線に青筋を立てたオリバーは、ジルの首を締め上げる手に力を込めて叫ぶ。

「おのれ！　私の前から消えろ！」

オリバーの左手から激しい雷撃が発せられ、ジルの全身を駆け巡った。バチバチと耳まで焦げてしまいそうな音がバルコニーに響き、紫電に体を焼かれるジルは言葉にならない悲鳴を上げた。

リーニャは苦しむジルを見ていられなかった。

「やめてぇっ!!」

「なっ！」

泣きながら立ち上がったリーニャは、全力でオリバーに体当たりを見舞った。

不意打ちによろけたオリバーは、ジルの首から手を放したが、そのせいで、支えを失ったジルの体はふわりとバルコニーの外に飛び出してしまった。

「だめッ!!」

リーニャは急いでバルコニーの柵に駆け寄り、ジルを助けようと身を乗り出して手を伸ばすが、あと少しのところで空を切ってしまった。

(諦めない。私はもう、放さないって決めた――!)

「ジル!!」

きゅっと唇を引き結び、決意を帯びた表情で、リーニャはバルコニーから飛び降りた。強い風が煽り阻んだが、リーニャは諦めず夢中でジルに手を伸ばした。

「ジル！　ジル！」

リーニャはジルの腕を掴んで引き寄せると、その小さな体を強く抱きしめ――、眼下に迫る地面に青ざめた。

「出ろ！　魔法！　出なさいよっ！」

リーニャが右手を地面に向かって突き出すが、魔法は出ない。魔力を持たないリーニャには、大切な人を助ける術が何もなかった。

(私ができそこないの魔女じゃなかったら――)

悔しさと無力感の涙がこぼれて宙を舞い――。

オリバーはバルコニーから地面を見下ろし、動かなくなった二人の姿を認めると、静かに後ろを振り返った。

大広間は騒然としていた。バルコニーの騒ぎに気が付いた貴族たちが慌てふためいており、衛兵たちはオリバーを捕らえようと殺気を漲らせて集まってきている。

衛兵の先頭に立っているフランシスが、凛々しい声を上げた。

「叔父上！　ここでいったい何をしていた！」

「祝祭と聞き、わざわざ祝いに来てやったのだ。もっとも、主役の魔導公爵殿にお渡ししたものは、祝儀ではなく引導だがな」

「……っ！」

フランシスは無言の怒りを滲ませて剣を抜いたが、オリバーは淡泊にせせら笑うだけだった。

「無駄だ。私の相手が務まる者はそれこそ魔導公爵か……いや、三十年前に対峙した半亜人の魔導師しかいなかったのだから」

（痛い……寒い……）

バルコニーからジルを抱きしめたまま中庭に落下したリーニャは、激しい痛みで指一本動かせずにいた。朦朧とする意識の中、リーニャはかすれた声を搾り出してジルに語りかけた。

「ジ……ル……、ごめ……」

ぼやけた視界の中のジルは、ぴくりともしない。

どくどくと二人から流れ出る紅い血が作る血だまりだけが、時間が動いていることを教えてくれた。

死の匂いが忍び寄ってくるのを感じ、リーニャの瞳に涙が滲む。

走馬灯だろうか。頭に浮かぶのは、ジルと出会った日からの幸せな思い出ばかりだった。

（十年前のあの日、あなたは言ったわよね。僕の記憶は私と出会った日から始まったって。私が呼ぶ名前だけあれば十分だって――）

あの時の無垢な笑顔をリーニャは忘れることができない。

（子どもの世話の仕方なんて分からない。そんなふうに戸惑う私を見たからか、あなたは早く大人になろうといつも必死だった。過去を振り返らずに、隣の私のことだけを見て――。だから私もいつの間にか、あなたの気持ちに応えてあげたくなった）

家事や店番、なんでも一生懸命にしていたジルは、リーニャに褒めてもらうと笑顔いっぱいで喜んだ。

一度も口に出したことはなかったが、そんないじらしいジルのことがリーニャは可愛くてたまらなかった。

（ずるい私はあなたを利用して成り上がろうとしたのに。あなたは魔法が使えない私を素直に『先生』と呼んで、慕ってくれた。毎日夢中で魔法を学び、成長していくあなたが私は誇らしかった）

魔法の才能に溢れるジルの成長を見ることが、いつしかリーニャの生きる糧になっていた。

ジルはリーニャの自慢の弟子だった。

（賢いあなたは気付いていたはずなのに、『角折れ』の私の過去を聞いてこなくて。目の前のリーニャ・ココリスを色眼鏡なしに見てくれることが、私はとても嬉しかった）

ジルの優しさがリーニャを支えてくれた。リーニャが店を続けられたのも、また店を開こうと思ったのも、ジルがいてくれたからだ。

（誰にも渡したくなくて、猫の首に鈴を付けるみたいにブローチをあげたりして……。あなたのこと、愛が重たい子だなんて思ってたけど、私の気持ちも負けてなかったのかな）

リーニャが抱くジルへの愛は、十年の間、ずっと積み重なっていた。

大切でたまらない、ただ一人の愛しい人。

リーニャの人生は、ジルと出会った日から始まった。

だから、ジルが呼んでくれる名前だけあれば、それで十分だった。

走馬灯と夢が入り交じる中、リーニャは心地のよい幻影を見た。

いつかジルとピクニックをした公園。満開の花畑で青年姿のジルがすやすやと眠っている。

リーニャは気持ちよさそうに昼寝をするジルのそばに腰掛け、目を細めて彼の寝顔を覗き込んだ。

「ジル……、私よ。リーニャよ」

リーニャの声は、深く眠るジルには届かない。長いまつ毛に縁取られたジルの瞳は、静かに閉じられたままだった。

「いつも起こしてもらってばっかりだったけど、たまには私が起こしてもいいわよね？」

ツノにキスをしたり、フライパンを叩いたりと、いつも驚くような起こし方をしてきたジルに、ちょっとした仕返しだ。

リーニャはジルの頬を優しく撫でると、ふんわりと柔らかい口づけを唇に落とした。

温かくて甘い、優しいキスだった。

（大切な人ひとり救えない……。私はジルの幸せを奪ってばかり……。でも、これからはずっと一緒よ。私があなたを幸せにするから……）

「ジル……、愛してる……」

（全部……、全部あげるから。だから死なないで、ジル――！）

強烈な睡魔に襲われたリーニャは、ジルに折り重なるようにして瞼を閉じた。

一面の花畑は消え、現実に戻されたリーニャは深い眠りに誘われ――。

ふと、冷たい地面でジルを抱きしめて眠るリーニャに変化があった。

柔らかな光が、折れたリーニャの右ツノにポゥ……と小さく灯ったのだ。

小さな光は生きているかのようにトクトクと脈打ち、次第に大きく明るくなっていき、ジルとリーニャを温かなぬくもりで包み込んだ。

それはリーニャの中に眠っていた魔力。

ベルトレッドの紅眼でも見抜くことができなかった、溢れんばかりの大きな魔力だった。

回復の魔法が二人の傷を癒やし、ゆっくりと意識を手繰り寄せていった。

「う……。生きてる…？」

うっすらと目を開けたジルの額からは隷従紋が消え、体も青年のものに戻っていた。しかも、出血がないどころか、傷や怪我まで残らずなくなっている。

ジルが体を起こそうとすると、リーニャの腕が自分を守るようにして絡まっていることに気が付いた。

「リーニャ！」

目を閉じたままのリーニャを見るなり、ジルは弾かれたようにして彼女を抱き上げた。

リーニャもジル同様に怪我は治っていた。

だが、彼女にわずかに残っていた回復魔法の魔力を感じ取ると、ジルは驚きを隠せなかった。

「ん……」

「リーニャ！　大丈夫か!?」

「んん……。やっぱり起こされちゃったわね」

ジルから少し遅れて目を覚ましたリーニャは、まだ眠たそうに目を擦っているが、淡い微笑みを浮かべていた。

ジルはそんなリーニャを力強く抱きしめた。

「違う……違うよ……。リーニャが魔法で俺を起こしてくれたんだ。【隷従魔法】も消して、怪我も全部治してさ……！」

「魔法？　そんなわけない。だって私には魔力が……」

「これで分かる？」

かぶりを振って否定していたリーニャの右ツノに、ジルは小さなキスをした。

怪我と一緒に回復していたらしいジルの魔力がツノに流れ込み、リーニャは言葉にできないような快感に顔を赤らめた。

「ちょ……っ、なんで今……！」

「ずっとここにあったんだよ、俺の魔力！　それをリーニャが回復魔法として使ったんだ！」

優しく目を細めながら、ジルはリーニャの右ツノに触れた。その感覚がくすぐったくて、リーニャは「うそ……信じられない……」と、驚きと恥ずかしさの入り交じった顔で目を逸らした。

（まさか、キスで魔力が溜まっていたなんて。それに私が魔法を使ったなんて、そんな奇跡みたいなこと――）

「ありがとう、リーニャ」

無意識に救った最愛の人は、リーニャに真っ直ぐな感謝の言葉を告げた。

折れた右ツノは、自分に刻まれた呪いのようなものだと思っていた。

けれど、大切な人を救うことができたなら、このツノはリーニャの宝物だ。

「私の方こそありがとう。たくさんの愛を私にくれて……。私はその愛を幸せに換えて、あなたに返すわ！　だから、ジル……『いい弟子』、やめていいよ。大好き！」

清々しい晴れやかな笑顔のリーニャは、甘えるようにジルの首に抱きついた。

「リーニャ……せん……せ……」

思わぬタイミングでの愛の告白に驚いたのか、ジルの大きく見開かれたエメラルド色の瞳から、涙がぽろっと流れ落ちた。

「嘘だろ……、泣いて……？　先生、俺……、こんな予定じゃ……」

「もう、『先生』じゃなくていいんだから。っていうか、さっきからリーニャって呼んでたし……。ねぇ、ジル。私は亜人なのに魔力がないし、あなたに釣り合う財産や身分もない。なんなら一度奴隷堕ちまでしてるけど……、こんな私でもあなたのお嫁さんになれるかな？」

「馬鹿な質問……。俺の花嫁候補は、十年前からリーニャ一人だけだよ」

リーニャは「ありがとう」と柔らかに目を細めながら、ジルの涙を指で拭ってやった。

見つめ合う二人の間にドキドキとじれったい空気が流れ、ジルがそっとリーニャの頬に手を添えて――。

「……待って！」

リーニャがジルの手をガシッと掴み、いい雰囲気を一瞬で破壊した。

ジルは目の瞳孔をガン開きにして、ぷるぷると全身を震わせている。

「リーニャさん？　手、どけて？　ここでお預けはしんどいんですが」

「だって、今はオリバーを止めないと！　やられっぱなしは悔しいじゃない！　ジル、力を貸して！」

「うぅぅぅ……、キスくらいさせてくれても……！」

理性と戦っているらしいジルは苦しそうに胸を押さえて悶えていたが、そこに息を切らして駆けてきた人物がいた。

「ジークルビア君！　リーニャさん！　大丈夫!?」

「クロエさん!?　怪我して――」

中庭に現れたのはぼろぼろのドレス姿のクロエだった。体のあちこちに生傷があり、その痛々しそうな様子にリーニャは青ざめた。

しかしクロエは「私はいいのっ！」と力強く言いきり、今にも泣き出しそうな表情で城の上階を指差した。

「衛兵たちじゃ、オリバーに歯が立たない！　亜人の人たちも魔力を奪われて倒れちゃって……。今、フランシス殿下も満身創痍なの……！　お願い！　皆を助けて……！」

「その依頼、【キャンディハウス】が引き受けた！」

リーニャとジルは顔を見合わせ、凛々しい目をして頷き合った。

大広間に立っているのは、王弟オリバーだけだった。

人間の貴族たちは逃げ出し、兵たちは強大な魔法の前になす術なく倒れ、剣を構えたテオドール王とフランシスも満身創痍。そして亜人の要人たちは【隷従魔法】に射抜かれ、幼くか弱い姿で魔力を奪われ続けていた。

「悪くない魔力量だ。さすがは国王といったところか」

足元で胸を押さえてのたうち回るデュラン王を、オリバーは氷のような瞳で見下ろしていた。

デュラン王は、先に隷従紋を食らってしまったアマンダを敵の追撃から守ろうとして、自身も隷従の身となってしまっていた。今や、最愛の娘の記憶を持たないただの少年。自分の置かれた状況も分からないままに、魔力を急激に失う苦しさと恐怖に侵されている。

「そうだ。獣は獣らしく、地を這いずっていろ。力に溺れる蛮族にはそれが似合いの姿だ！」

「やめろ、オリバー！　もうこれ以上、罪を重ねるな！　我が国もデモニアも争った過去を受け入れ、和平の道を歩んでいるのだ……！」

床に膝を突いた状態で声を搾り出すテオドール王は、オリバーの魔法に被弾し、深い傷を負っていた。

だが、オリバーは実兄への慈悲など持ち合わせてはおらず、テオドール王に杖先を向けると追加の雷撃を炸裂させた。テオドール王は鈍い呻き声を上げ、宝剣を取り落としてしまった。

「過去を受け入れる、だと？　民や仲間たち、そしてナタリーの死を過去として忘却せよと？　彼らが望んだ平和は、罪深い亜人どもがのうのうと生きる世界ではなかったはずだ！　私は今日、ユグドラシル戦争を真の終戦へと導く！　奴隷の分際で我らに歯向かった獣どもの牙を一本残らず引き抜いてやるぞ！」

憎悪と未練を滲ませるオリバーの言葉は、かつて彼と共に亜人の反乱、そしてユグドラシル戦争を生き抜いたテオドール王に長く激しかった戦いの日々を思い出させた。


少年時代、亜人奴隷の蜂起に巻き込まれたオリバーは、共にいた婚約者を守ることができず、深い悲しみを心に負った。

彼女の仇を取るのだと必死に修練を積んだオリバーは、誰もが認める大魔導師となり、ついにユグドラシル戦争では魔導将軍として前線に立った。亜人に劣らない強大な魔法を使いこなすオリバーは、人間たちの希望そのものだった。

とりわけ、オリバーが生み出した【隷従魔法】は戦況を大きく変えた。亜人たちから魔力を奪い、その魔力を魔法に換えて隷従した亜人たちを殺戮することで、ミッドガルド軍は優位に立った。

当時、騎士将軍だったテオドールは騎士道に反する戦い方だと実弟を非難したが、国民の英雄同然だったオリバーを止められる者はいなかった。

だが、戦争が続いて十年目のある日、デモニア軍にオリバーを超える魔導師が現れたのだ。

整った顔立ちをした、赤髪に翠眼の壮年の男だった。

見た目は完全に人間と変わらず、しかし亜人をはるかに凌ぐ魔法を操る彼は、瞬く間にミッドガルド軍を後退へと追い込んだ。

彼が『半亜人の魔導師』であると知ったのは、ここが落とされたら敗北という、文字通り最後の砦での戦いの時だった。

半亜人の魔導師は、ミッドガルド軍に条件付きの和平を申し出てきた。

だが、人間の血が混じる彼からの申し出を「我ら人間に対する裏切り行為である」と見なした当時のミッドガルド王が和平の道を拒んだため、テオドールやオリバーたちは最後の戦いを挑むこととなった。

大荒れの嵐の中、多くの兵がたった一人の半亜人の魔導師に動きを封じられた。無傷のまま、重力魔法でその身を押さえつけられたのだ。

戦意を見せない敵に癇が高ぶったオリバーは、単騎で半亜人の魔導師に戦いを挑み、二人の魔道勝負は熾烈を極めた。

その戦いの終わりの光景が、テオドールの目には今でも鮮明に焼き付いていた。

オリバーの【隷従魔法】を食らった半亜人の魔導師は、砦の最上階から堀へと落ちて姿を消した。戦いは、オリバーの勝利かと思われた。

だが、重力魔法が解けたミッドガルド軍も、砦を囲むデモニア軍も、そこから動くことができなかった。

落ちる間際、半亜人の魔導師が残した魔法――すべてを洗い流すような激しい雨、そして青空に大きな虹を架けた壮大な魔法が、皆の戦意を削ぎきってしまったのだ。

「同じものを美しいと感じる心があれば、きっと共に生きていくことができる。人間と亜人が理解し合う道を模索しよう……」

美しい虹に見惚れ、武器を下ろしてしまった兵士たちの姿を見たテオドールは、指揮官として和平の道を選択し、長きにわたったユグドラシル戦争は幕を閉じた。

憎悪を漲らせたまま、半亜人の魔導師の存在を呪ったオリバーを残して――。

時が経つと共にオリバーの復讐心は影を潜めていると、テオドールは理解していた。

亜人を狩る英雄から一転。非人道的な術を用いたとして、亜人親和主義者たちから魔導将軍の座を追われたオリバーは、魔導研究者として静かに生きているように見えた。

だが、実際は違った。婚約者の死から始まったオリバーの恨みは晴れることなどなく、募る憎しみは今日という入念な復讐劇へと繋がっていたのだった――。

今、オリバーはこの場にいる亜人たちだけでなく、デモニア王国そのものを壊そうとしていた。

「そろそろ頃合いか……」

亜人たちから奪った魔力を杖先からどこかに転送している様子のオリバーは、冷たい瞳のままほくそ笑んだ。

「頃合い？　それはどうだろうなぁ」

オリバーの独り言に応えるようにして、大広間に現れた青年がいた。

揺れるバルコニーのカーテンを背に軽やかに歩いてくる青年――ガルタン公爵ジークルビアは、「お待ちどうさま♪」とおどけた声音で存在を示した。

「貴様！　私の隷従から逃れるとは……！　城の衛生兵から魔力供給を受けたのか？　悪運の強い奴め」

「まぁ、そんなとこかな」

気色ばむオリバーに不敵な笑みを見せるジルは、くるくると踊るように陽気に杖を回した。

満身創痍のフランシスが喜色を滲ませて叫んだ。

「ジークルビア！」

「よっ、親友。お前のフィアンセが呼びに来たから、文字通り飛んできたぜ！」

「よかった。クロエも無事なんだね！」

「おう。安全な所に逃がしといた」

ジルはフランシスに向かって力強く頷くと、荒れ果てた大広間を静かに見渡した。そして、【隷従魔法】に侵された亜人たちの姿を認めると、眉をひそめてオリバーを睨みつけた。

「アンタ、悪趣味な魔法好きだよな。魔力と記憶奪って子どもに変えてさ。とびきりの恐怖を与えて、命まで奪う」

「略奪者どもから奪って何が悪い！　彼女が受けた痛みや恐怖は、こんなものではなかったはずだ！」

「はーん。『彼女』って、友達？　それとも婚約者とか？　まぁ、つまり子どもの頃に大事な人を亡くしてて、亜人にも同じ思いさせてやろうってわけ？」

「貴様に何が分かる！　貴様さえいなければ、私はナタリーが幸せになれる世界を……亜人なき世界を創ることができていた！」

「人の幸せを勝手に決めるにしても、アンタのそれは相手が気の毒すぎる。自分の怒りを都合よく他人の望みに置き換えるんじゃねぇよ」

「何を……！」

冷ややかな半眼で見つめてくるジルにオリバーは声を荒らげた。

オリバーは漆黒を灯した杖先をジルにぴたりと向け、積年の恨みを禁術の呪文に乗せ――。

「貴様にもナタリーと同じ恐怖を味わわせてやる！」

オリバーの【隷従魔法】が、防御の魔法障壁ごとジルを貫いた。

「うわぁぁぁっ!!」と叫ぶ声は青年公爵のものではなく、額に隷従紋が刻まれた幼い少年だった。

少年の姿になったジルは苦しそうに床に膝を突き、肩で大きく息をしながら俯いている。

フランシスやテオドールは彼の名を必死に呼んだが、わずかな反応すら見られない。ガルタン公爵ならばオリバーに太刀打ちできるのではと期待していた者たちは、皆揃って青ざめた。

切り札を失ったとたん、絶望の足音が大きくなった。

オリバーは「他愛もない」と淡々と言い捨てると、ジルに近付き、杖先を喉元に突きつけた。

「フン……。貴様の余命も今日で終いだ」

オリバーには、かつて仕留め損ねた因縁の相手を楽に死なせてやるつもりなどなかった。

ナタリーが亜人にされたように――いや、それ以上の傷を負わせ、ゆっくりと死の恐怖を味わわせながら殺してやろうと思っていた。ガルタン公爵の惨い死が、亜人の血は不幸を招くものであるという見せしめになるように――。

だが、【隷従魔法】で弱っているはずのジルは、ぴたりと苦しげな呼吸をやめた。

ジルは、生気に満ち溢れた生意気な瞳でオリバーを見上げていた。

「それはできない相談だ。俺、この後イチャイチャする予定、入ってんだよね」

「貴様、隷従していない――!?」

ニヤリと口の端を上げるジルは、額の隷従紋に指で触れた。すると、隷従紋はスゥッと溶けるように綺麗に消え去ったのだ。

「一度目……三十年前は残る力を全部使って、隷従紋を消した。おかげでアンタから魔力を搾られ続けることはなくなったが、ほとんどの記憶を失った。二度目のさっきは魔力を持っていかれたが、記憶は守った。んで三度目。今、やーっと完全防御成功だ」

狼狽えているオリバーの目の前で、ジルはパチンッと指を鳴らした。

「変身魔法でした♪」

隷従紋も少年の容姿も、ジルが魔法でそう見せていただけ。最早【隷従魔法】が効かないジルは、オリバーを油断させるためにわざと呪いを受けたフリをしていたのだ。

オリバーはそのことに気が付き、すぐに攻撃に転じようとしたが遅かった。

古代語の呪文詠唱を必要としないジルは予備動作なしで強烈な氷結魔法を放ち、オリバーを氷の弾丸で壁に磔にした。

一瞬の出来事に、オリバーだけでなく大広間にいる者すべてが驚きで声を上げることもできなかった。

「くそっ！！」

沈黙を破ったオリバーは、体を凍らせている氷の魔法を忌々しげに睨みつけて叫び、もがく。

だが、ジルは世間話でもするかのような軽い口調で「分かるよ、うんうん」と頷きながら、のんびりとオリバーに近付いていた。

「大事な人を傷つけられたら、許せないよな。俺もさ、でかい声では言えないけど、デモニアを恨んでた時期があったよ。リーニャは言いたがらなかったけど、『角折れ』ってあっちでは人権ないらしいじゃん？　ムカつくから、俺がデモニア滅ぼしてやろうかなって思ってた。でも、やめた。つらい過去と向き合わせるくらいなら、リーニャの心の中を俺でいっぱいにしたいって思ったんだ。寝ても覚めても好きな人のことばっかり考えちまうって、最高に幸せだろ？」

氷の拘束から逃れようともがくオリバーを見つめるジルは、場違いなほど清々しい笑みを浮かべていた。ジルの心の中こそ、リーニャでいっぱいだったのだ。

「アンタの行動を否定はしない。俺はそんな偉い立場じゃないし、それも一つの愛の形だもんな。でも、残念ながら見逃すワケにはいかない。だって——」

「おのれ……！　これで勝ったと思うな！」

ジルの言葉を遮り、オリバーが憎悪の蛮声を張り上げた。

「奪った魔力はすべてユグドラシルに注いだ！　過剰な魔力はユグドラシルを腐らせ、溢れた魔力は地中の魔物たちを凶暴化させる！　今に大量の魔物たちが町を襲うだろう！」

オリバーは呪詛のように呪文を唱えると、雄叫びと共にジルの氷魔法を爆《は》ぜ散らせた。砕けた氷の破片は熱気によって溶かされ、辺りは真っ白な蒸気に包まれた。

ジルが倒れている人々を守る魔法障壁を展開している中、白煙の向こうに金色の光が揺れた。転移魔法の魔法陣だ。

「おぉ〜！　アレから抜け出すとはな。さっすが元魔導将軍！」

視界が晴れていくと、すでにそこにはオリバーの姿はなく、ジルは感心したようにパチパチと手を叩いた。

「笑っている場合じゃないぞ、ジークルビア！　叔父上の言っていたことが真実ならば、早く止めなければ……！」

フランシスはぼろぼろの体を引きずりながら、ジルのそばにやって来た。すぐにでもオリバーを追いたそうにしているが、ジルは動じていなかった。

「行き先はユグドラシルの聖域だ。先にリーニャに行ってもらってるから大丈夫」

「まさか彼女一人で…⁉　心配じゃないのか⁉」

「すっげぇ信じてんの。なんてったって俺のリーニャだから！」

ジルは会心の笑みを見せると、「さて、亜人の皆に俺の魔力をお裾分けしようかな」と、くるくると陽気に杖を回したのだった。


森の聖域に転移したオリバーは、絶句していた。

今頃は魔力超過の影響で、ユグドラシルの地下が魔力飽和を起こしているはずだった。その魔力飽和をデモニア王国の地中に移す術式を事前にこの地に刻んでいたというのに、周囲は相変わらず厳かな空気で満ちていた。

「どこへ消えた⁉　転送したはずの魔力は、いったいどこへ――……」

蒼白な顔のオリバーが、ユグドラシルの巨大な幹を伝うようにして移動すると、そこにいるはずのない人物と鉢合わせした。「げっ！」短い驚きの声を上げたのは、ガルタン公爵と共にバルコニーから地面に落ちた『角折れ』の亜人――リーニャだった。

「もう来たの？」

「なぜ、亜人の小娘がここに……⁉　私は大樹を覆う結界を張っていたはずだ！」

ユグドラシルに近付く者がいないようにと、オリバーはあらかじめ結界魔法を周辺に施していた。目の前のリーニャが亡霊だというならば話は別だが、彼女にはきちんと実体があり、結界内に侵入することなどできるはずがなかった。

するとリーニャは、まるで教師が生徒にものを教えるかのようにして、丁寧に種明かしを始めた。

「結界ってすごいわよね。正面からはもちろん、他者の転移魔法での侵入も許さない。ジルもガルタン領地全体に張ってるのよ。でも、誰かさんの実験の影響で、地中からドラゴンミミズが現れたことがあって。結界って地上から上空に向かってドーム状に張られるでしょ？　だから地中からの敵に対して無防備なのよね」

身振り手振りでドームの形を作ってみせるリーニャは、「まぁ、ジルは結界を地中まで伸ばしたみたいなんだけど」とあっさりとした口調で付け加えた。

そして、リーニャは自分の後方にぽっかりと空いている大きな穴に目をやった。

オリバーはわなわなと震えながら、パクパクと口を魚のように開けていた。

「トンネル。ジルが掘ってくれたの。さて問題。私はここで何をしていたでしょうか？」

ダーダンッ♪　と、愉快な効果音を口ずさむリーニャは、足をもつらせながら走り出したオリバーをすぐに追いかけることはしなかった。

大樹の根の周辺の大地に刻んでいた術式——オリバーが設置していた魔法陣は、元の場所にあった。だが、魔法陣の中央には何やら滑稽な旗が立てられているではないか。

旗に書かれた文字は、「Candy House」。落書きのようにふざけた丸い文字は、リーニャが数分前にご機嫌に書き込んだものだった。

「こ……これは……」

旗と魔法陣を見て、オリバーはがくりと膝を突いた。

ゆっくりと歩いて彼に追いついたリーニャは、むんっと胸を張って先ほどの答えを口にした。

「あなたのそれ……、デモニアの地下に干渉する魔法陣よね？　ちょこっと書き換えさせてもらったわ！」

「貴様が……？」

「えぇ！　慎重に実験しすぎたのがアダになったわね！　地中の魔物の凶暴化、ユグドラシルの花の過剰な成長、魔法樹教会……。その裏で糸を引いていたあんたの狙いに気付けてよかったわ！」

リーニャは勝ち誇った顔で大きく頷いた。

そして、リーニャが言い並べたことが事実かどうかは、瞬間的に怒りを爆発させたオリバーの顔を見れば一目瞭然だった。

オリバーは「亜人ごときがぁッ!!」と、怨嗟の感情を漲らせて杖をリーニャに向けた。

だが、リーニャの鼻先で燃え上がりかけた紅蓮の炎は、まばたきをしている間に掻き消えてしまった。

「な……!?」

オリバーの目の前で、彼の杖はスパンと真っ二つに斬られていた。杖先が無惨な姿でぽとんっと地面に落ちると、それを斬り落とした者も間もなく明らかとなった。

宙に浮かんだ金色の魔法陣からふわりと現れた青年は、長い三つ編みを揺らしながら華麗に着地を決めていた。

「お邪魔しま～す！　話の途中で消えるなよ、王弟サマ」

青年――ジルは転移魔法の魔法陣を目線だけで消し去ると、シュッシュッとこれ見よがしに手刀を振った。

「じいちゃん仕込みの一刀両断！　ま、俺は魔力纏わせないとロクに斬れないんだけどさ！」

ジルは大袈裟に肩を竦めながら、のんびりとリーニャの隣に移動した。

「ジル！　遅いわよ！」

「ごめんごめん。亜人の皆の【隷従魔法】解くのに、ちょびっとだけ時間かかっちゃって」

ムッと頬を膨らませるリーニャと、へらへらと両腕を後ろに回して笑っているジル。

最早緊張感のなくなった二人を見て、オリバーは状況が呑み込めないまま唇を震わせていた。

「な、なぜ……」

「なぜって、俺が普通に結界内に入ってきたこと？　それともあんたが亜人と半亜人に追い詰められてること？」

「答えは簡単。私たち【キャンディハウス】の魔法が最強だからよ‼」

深い絆で結ばれた二人を止められる者など、どこにもいなかった。

「亜人から奪った魔力、返してもらうわよ！　ジル、お願い！」

「っけい！」

リーニャは拳を固く握り、オリバーに向かって駆け出した。

ジルが指を鳴らすと、リーニャの拳には揺れる蒼炎が燃え上がり、靴には純白の小さな翼が現れた。羽ばたく靴で地面を力いっぱい蹴り上げたリーニャは、杖を捨てて逃げ出すオリバーを神速で追った。

「くそ……！　できそこないの獣め……っ」

一瞬でオリバーに追いついたリーニャは、オリバーの恨み言に耳を貸すことなく、拳を強く握り直すと――。

「喰らえぇぇぇぇっ!!」

リーニャの渾身の一撃が、オリバーの背中にぽふんっと炸裂した。

そう、柔らかくぽふんっと。

「な……に……」

その場で膝から崩れ落ちたオリバーは、瞬間的に深い眠りについていた。リーニャが「えぇぇえっ!?」と素っ頓狂な声を上げても、ぴくりともしない。

「ちょっとジル！　何よコレ！　見せ場なんだから、もっとかっこいい魔法にしなさいよ！」

「可愛い羊ちゃんには眠りの魔法がお似合いかな？　なんて」

ヒーローのような強力でかっこいい付与魔法パンチを期待していたリーニャは、納得いかずにジルに猛抗議した。

しかしジルは悪びれず、「さ。後処理して帰ろうぜ」と、旗が立てられている魔法陣に軽やかな足取りで近付いていった。目を細めて術式を確認するジルは、満足そうに口の端を持ち上げた。

「さっすが〜。術式の書き換え完璧〜♪」

「魔法の師匠だもの。魔力返還の魔法陣にするなんてチョロいわよ」

ジルが魔法陣を発動させる様子を見つめるリーニャは、「しっかりね！」と、どやすように言いながらも、最愛の弟子への誇らしさを瞳に滲ませていた。

魔法陣が虹色に輝くと、そこからシャボン玉のような球体がたくさんふわふわと浮かび上がり、爽やかな青空に向かって飛んでいくのが見えた。

リーニャとジルは二人寄り添いながら、虹の橋を越えていくシャボン玉を見守っていた。


季節が一つ変わったある日。【キャンディハウス】のドアベルが元気よく鳴り響いた。

「ごきげんよう！　リーニャ様！」

「いらっしゃいませ、アマンダ王女」

手作りのお菓子を商品棚に並べていたリーニャは、たくさんの亜人のメイドや護衛騎士を引き連れて現れたアマンダを笑顔で迎え入れた。

アマンダは今日も明るく情熱的な空気を纏っており、相変わらず真っ赤なドレスがよく似合っている。

そして、彼女の依頼も情熱的だった。

「ユグドラシロップを買いに参りましたの！」

「えと……、原材料高騰につき品切れです……！」

「まぁ！　フランシスとクロエのイチオシがないだなんて……！」

アマンダはこの世の終わりのような悲鳴を上げて、リーニャに抱きついてきた。豊満な体の殺傷能力はさすがである。たわわなボディに包まれて、なんだか従順になってしまいたくなる感覚を覚えながらも、リーニャは「残念ですが……」と苦笑いを浮かべた。

ジルとアマンダの婚約披露パーティ事件から数か月――。

悪化が危惧されたミッドガルド王国とデモニア王国の関係は、次代を担う王族であるアマンダとフランシスによって取りなされ、これまで以上の宥和政策が図られることとなった。

当初の予定通り、人間と亜人の婚姻を認める条約が制定され、異種族婚が広まりつつある。

その例として結ばれる予定だったジルとアマンダの婚約といえば――。

「どうしたらロゼットと親しくなれるでしょうか？」

アマンダが悩ましげに眉を下げながら、リーニャに尋ねた。

「そうですねぇ……。ロゼットとのおすすめデートスポットは畑です。植物の声が聞こえる薬で距離を縮めてみませんか？」

「ま！　素敵ですこと！　いただきますわ♡」

逞しい筋肉を持つ男性が好みだというアマンダは、虎視眈々とロゼットのことを狙っていた。

彼女とジルの婚約は白紙になったのである。

——というのも、そもそも二人には結婚する気などなかったらしい。

ジルとアマンダ、そしてフランシスは両国の脅威となるであろうオリバーを釣り出す目的で密かに協定を結び、餌となる婚約披露パーティを計画したという。リーニャを含め、多くの王族や貴族が盛大に踊らされていたわけだ。

もちろん、両国の王たちは若い三人の勝手な行動を赦しはしなかった。

だが、オリバーがデモニア王国を魔物に襲わせる計画を立てていることを見抜いていたジルは、そのXデーをこちらが定めてしまうことで先手を打ち、防衛が叶ったのだと言葉巧みに主張し、王たちの怒りの矛をあっさりと収めさせた。腕だけでなく、弁が異常に立つのもジルのすごさである。

ちなみにアマンダは協定を結ぶついでに、好みの逞しい筋肉を持つ亜人を紹介してもらうという約束をジルと交わしていたらしく、結果、ロゼットに白羽の矢が立っていた。

（まぁ、ロゼットには悪いけど、ひとまず丸く収まってよかったかな）

リーニャは迷惑そうにアマンダから逃げ回っているロゼットの姿を思い出しながら、アマンダ王女御一行が馬車で去っていくのを見送った。

リーニャが店に戻ろうとすると、ちょうど出掛けるところらしいモンドールとパルア、そしてロゼットに出会った。

「客の見送りか？」

「えぇ。お得意様が来てたの」

眉根を寄せるロゼットに、「アマンダにデートに役立つ薬を売った」などとは口が裂けても言えないリーニャである。

「リーニャさん、明日は晴れの日なんじゃ。仕事もほどほどにのぅ」

「そうよ。ジルもうじきお城から戻ると思うから、前日くらい二人でゆっくりしたらいいのよ」

モンドールとパルアは顔をほころばせながら、リーニャに手を振ってくれた。

二人の温かい眼差しから深い家族愛をひしひしと感じるリーニャは、「ありがとうございます」と言って手を振り返した。

彼らは、ジルが「ジークルビア」ではないことを知っていたらしい。

七年前、パルアは幼いジルを見て、一目で彼が「ジークルビア」でないことに気が付いた。実の孫を見間違えるはずがなかったのだ。

けれど、その時にはすでにリーニャは姿を消してしまっており、パルアはリーニャが見つかるまではジルを預かることにしたのだという。

ジルが公爵家で暮らすようになってしばらくのこと、最愛の孫「ジークルビア」の消息が判明。だが実孫を含める息子家族からの手紙には、貴族生活を厭《いと》い、田舎で平民として静かに生きていくという旨の文章がしたためられていた。

落ち込むパルアと病床のモンドールを見ていたジルは、二人にこう言ったらしい。

「俺が『ジークルビア』になる。俺、すごい魔女の弟子なんだ！　だから、依頼して。二人を幸せでいっぱいにするくらい、わけないよ！」と。

たいそう生意気だが、自分たちに懸命に恩を返そうとするジルの姿は、健気で愛おしかった……とパルアはリーニャに教えてくれた。モンドールもジルのことを実の孫として育て、ロゼットも心からジルに仕えたと言う。

(ジルが愛されていてよかった。何者だろうと、ジルはジルなんだわ……)

昔話に心打たれていたリーニャに、パルアは公爵夫人代々に受け継がれているというエメラルド色の宝石があしらわれた首飾りをくれた。

まるでジルの瞳のように美しく煌めくそれは、今日もリーニャの胸元で眩く輝いていた。

「おーい。なんで泣いてんの？」

モンドールたちが去った後、ひょっこりと転移魔法で現れたのはジルだった。王城での仕事は終わったらしく、晴れ晴れとした表情をしている。

「さぁ……、マリッジブルーかな？」

「俺との結婚に不安なんてあるの？　言ってみて！　今すぐ解決してあげるから！」

家族の優しさに触れて目を潤ませていたリーニャが思わず笑ってしまうほど、ジルは大真面目に杖を構えてみせた。

(ジルのこういうとこが好きなのよね)

勝てないなぁ、とリーニャは思う。

「生意気言っちゃって!」

リーニャは猫のように目を細めながら、ジルの手を引いて二人の店に帰っていった。


明日は、リーニャとジルの結婚式だった。

ここ数か月の二人は、結婚式の準備で大忙しだった。式場探し、招待客の選定、衣装合わせ、料理のメニューを決めたり、花や招待状を用意したりと、やることは無限にあったからだ。

式の前夜まで、リーニャは最終確認に余念がなかった。

「座席表は完璧。花と衣装は納品済みだし、お酒もOK。料理はロゼットが腕によりをかけるって言ってくれたし、あとは……えぇっと……」

ベッドの上に寝転がりながら、自作のチェックリストを何度も見返すリーニャの顔は真剣そのものだ。

そんなリーニャのことを「真面目だなぁ。ちょっとピリピリしすぎじゃない?」と、ジルは着替えながらゆるゆるとした表情で見つめている。

「誰かさんの招待客がVIP揃いだからよ! 国が傾くレベルよ、恐ろしい!」

公爵であるジルの招待客といえば、フランシスにテオドール王、アマンダにデュラン王……。

他にも国の重鎮たちがわんさか来るため、粗相のないようにとリーニャは気を遣いまくっているのだ。

「大丈夫だって。二人でちゃんと準備したじゃん」

「そうだけど……」

「皆、お祝いに来てくれるんだ。俺たちは感謝を伝えるだけだよ」

ジルはベッドに腰掛けると、寝転んでいるリーニャの白いふわふわ髪に愛おしそうに指で触れた。その感覚がこそばゆく、リーニャの頬はほんのりと赤く染まった。

「でも、なんだかまだ実感が湧かなくて……。本当に私でいいの？」

リーニャは言葉尻を濁したが、ジルを見上げる琥珀色の双眼からは「結婚」への不安がわずかに滲んでいた。

「再会した日に言ったよ？『先生は俺のお嫁さんだから』って。むしろ十年前から、俺はずっとそのつもりだったし」

ジルはリーニャの華奢な体をひょいと持ち上げると、自分の膝の上に乗せて悪戯っぽく微笑んだ。そしてこしょこしょとリーニャのツノを指で撫でると、我慢できないと言わんばかりのキスを落とした。

「ん……っ」

リーニャの体がびくんっと跳ねた。

ジルの指で触れられたくすぐったさも、物足りないキスも、思考をとろけさせる彼の魔力も、リーニャの心と体を火照らすには十分だった。

「ジル……」

「このツノも……髪も……目も声も、唇も……全部、ずっと、ずっと俺だけのものにしたかった……」

リーニャのツノ、髪、頬、首筋……。ジルは愛おしそうに囁きながら、至る所に熱いキスを落としていき、どんどん熱くなっていくリーニャの体を強く抱きしめた。

「どこにも行かないで」とリーニャをベッドに押し倒すジルの瞳には、十年間リーニャしか映っていなかった。

ジルの瞳に映るリーニャは、薔薇色に染まった頬を恥ずかしそうに手で覆っている。胸に込み上げる心地よい感覚と、溢れ出す幸福な感情をどこに逃がしたらよいのか分からず、ただただ戸惑っていた。愛されず、ずっと愛に飢えていたリーニャには、その返し方が分からなかった。

「私……どうしたらいいの……？」

潤んだ瞳でジルを見上げるリーニャは、震えながらジルのシャツを指で摘まんでクイと引いた。

「『先生』でも分からないことがあるんだね。大丈夫。俺のことだけ見てたらいいから……」

ジルはリーニャの手をぎゅっと握ると、そのまま自分の唇をリーニャの唇に重ねた。

初めての唇のキスはふんわりと優しく、甘くてとろけるような味だった。

けれど、その後ジルは繰り返しリーニャを求めてきた。それがとても嬉しくて、リーニャは息苦しさにも快感を覚えながら、「んっ……んんっ」と、熱い息を短く何度も吐き出した。

次第に深くなっていったキスは二人に時間を忘れさせ、ついにリーニャが息切れを起こして「はぅっ！」とベッドに突っ伏したところで、ジルはようやく抱きしめていた腕を緩めてくれた。

「可愛い……。俺のリーニャ……」

とろんとした顔のリーニャを愛おしげに見下ろすジルは、高揚した表情を滲ませていた。まだまだ物足りないと言わんばかりだった。

そんなジルを見て、リーニャは「待って……！　酸素が足りない……！」と言って、逃げるようにころころとベッドの端へと転がった。

ジルは拗ねる子どものように唇を尖らせながら、ベッドの空いたスペースに腰を下ろした。けれど、その表情はとても晴れ晴れとしていた。

「リーニャの唇、ずっと欲しかったんだ」

「よくそんな恥ずかしいこと言えるわね……っ」

「へへっ。きっとすぐ、『私がお嫁さんでよかったでしょ？』って言いたくなるから。それくらいたっぷり甘やかして、リーニャの中を俺の愛でいっぱいにするよ……！」

目尻を下げて微笑むジルは、ベッドに横たわるリーニャの頬をすりすりと指で優しく撫でた。

どこか得意げで自信に溢れた公爵様の笑顔は、生意気な弟子だった頃から変わらず愛おしい。

「……ありがと」
（ほんと、ジルには敵わないわ）
「俺こそいいのかな？　実は得体の知れない半亜人だよ？　俺自身は覚えてないけど、オリバーみたいに俺の過去を知ってるヤツもきっといる。どこで生まれて、どんな生き方をしてきたのか……多分、今、知ろうと思えばそれができるし、詮索する輩だって現れると思う。もしかして、おぞましい過去が出てくるかもしれない……。そんな俺が結婚相手で、先生はホントに大丈夫……？」

ジルの口調が落ち着いたものに変わった。

オリバーに素性を暴かれたジルのこれからの人生がどんな方向に進んでいくのか、リーニャには想像がつかない。両国には半亜人の魔導師を英雄として崇拝している者も多いし、逆に恨んでいる者もいる。すでにジルをデモニア王国に迎えるべきだという議論がなされていたり、ミッドガルド王国では半亜人の生態を調べたいという団体が、ジルに協力を要請しているという。

誰も彼もがジルのことを放っておかない状況の中、当の本人はリーニャを巻き込んでしまうことを危惧しているらしい。

「大丈夫よ」

不安そうに首を傾げるジルに、リーニャは力強く頷いた。

「ジルの記憶は私と出会った日から始まったんでしょ？　なら、ジルはジルよ」

「そりゃ光栄だ。三百ゴールドぽっちの価値しかないけど」

「あら。私の人生で一番の買い物だわ」

リーニャは体を起こすと、冗談めいた口調で話すジルの唇にキスをした。

いつか、ジルがまだ小さかった頃に尋ねられたことがあった。

先生のよく言う「成り上がり」とは何なのか？　と。

その時のリーニャは「お金かな」「名誉かな」と適当にはぐらかしていたのだが、今ならはっきりと言える。

（私の『成り上がり』は、国で一番の幸せを掴むこと。ジル……、私、あなたのおかげで誰よりも幸せだわ。でもきっと、まだまだ成り上がれる……。私たち、もっともっと、幸せになれるわよね？）

ジルがリーニャを抱き寄せ、二人は再びとろけるようなキスを何度も交わした——。


「うぅっ！　まぶしいぃぃっ！」

カーテンから射し込む光で、吸血鬼さながらに目覚めたリーニャは甲高い悲鳴を上げた。

だが、光以上に驚かされたことは、ベッドの隣でジルが眠っていたことだった。

「ひゃぁぁぁッ！」

「あ……、リーニャおはよ。体平気……？」

むにゃむにゃと眠たそうに目を擦りながら体を起こすジルは、逞しい上半身を惜しげもなく晒しながら伸びをした。寝起きのくせに今日もイケメン――ということは置いておいて、彼はリーニャにとびきり優しい眼差しを注いでいる。

（そ……そうだった。私、昨日の夜、ジルと……）

「前倒しになっちゃたな、初夜！　結婚式は今日なのに……すげぇ盛り上がったよな！」

昨晩のことをもじもじと思い出していたリーニャの恥じらいを吹き飛ばす、カラッとした振り返りである。

「しょ……、じゃなくて、そうよ！　結婚式!!」

このままではジルが初夜のダイジェストでも語り出しそうな勢いだったところ、リーニャはハッと壁の時計を見て跳び上がった。

ただいま十時五十五分。

「うそでしょ――っ!!」

店に響き渡るリーニャの悲鳴。

結婚式の時間まで、わずか五分しかなかったのである。

「もう式の時間じゃない！　行かなきゃ!!」

「えぇ～。朝のイチャイチャは～？」

「なし！」

超特急でいつもの服に着替えると、リーニャはのんびりと三つ編みを編んでいたジルの手を掴んで階段を駆け下りた。

「ジル！　急いで！」

ジルの目には、十年前、明るい世界に連れ出してくれたリーニャの姿が思い出されていた。

あの日のリーニャも、ジルの手を引いて少しだけ前を歩いてくれていた。

でも、今日からは――と、ジルはリーニャをひょいとお姫様抱っこした。

「うん！　行こう……！」

「えっ！」

恥ずかしがって慌てるリーニャをよそに、ジルは【キャンディハウス】のドアを外に向かって開いた。

ジルがトンッと一歩踏み出すと、味気ない地面の色が鮮やかな深紅に変わった。

(ヴァージンロード……⁉)

目をまん丸くするリーニャの眼前には、美しい花やリボン、レースで飾られ、華やかで温かな空気で満ちた教会――二人の結婚式場が広がっていた。

二人を溢れんばかりの拍手が包む。

ガルタン家の人々や、フランシスやクロエ、アマンダなど、たくさんの招待客たちが二人の私服での登場に驚いた視線を向けていた。

「転移魔法を使うなら、そう言ってよ！」

「ごめんごめん。ギリギリまで二人でいたくって」

白い歯を見せて笑うジルがウィンクをすると、今度は二人の衣装がキラキラとした光と共に変化した。

「わっ！」

胸元には公爵夫人の首飾りが輝き、純白の花嫁衣装はリーニャを幸せごと優しく包んでいた。

そして、そんなリーニャのことを見つめているのは、同じくらいの幸福を感じているジルだった。

「綺麗だよ。リーニャ」

「ふふっ。生意気」

破天荒な二人の結婚式は、とろけるようなキスと共に幕を開けた。

始まるんだ。

成り上がりたい私と生意気な夫が愛し合う、甘くて新しい日常が――！

あとがき

こんにちは。ゆちばと申します。

この度は『できそこない魔女の嫁入り～かつての弟子からこじらせ溺愛されて成り上がります～』（※以下、『でき魔女』と省略）をお手に取ってくださり、誠にありがとうございます。

本作は、コミックスの原案とシナリオ執筆で携わらせていただいた同名作品のノベライズ版です。後発でお話をいただき、ちょうどコミックス一巻の発売日が決まった頃にこちらの原稿を執筆させていただきました。コミックスシナリオ自体は二〇二四年の三月に納品を終えておりましたので、ノベライズ版はそれをベースにハッピーエンドまで書ききりました。

せっかくなので、ここで『でき魔女』の企画の始まりについても触れさせていただきます。

本作と同じレーベルから出版していただいた『ヴァンパイア娘、ガーリックシェフに恋をする！』でお世話になった編集部のご担当者様より、「異世界ファンタジーに特化したコミックスレーベルができるので、そこで原案を書いてみませんか」という有難いお声掛けをいただき、作品の企画から携わらせていただくことになりました。その後、コミックスの担当編集様と企画を練り、魔女の弟子が成長して溺愛してくる異類婚姻譚がテーマに決まりました。

初期プロットは童話の「ヘンゼルとグレーテル」をモチーフに、リーニャがお菓子の家に住む羊角の魔女、ジルが迷い込む人間の少年という設定でしたが、再考を重ねるうちにどんどん設定が変わっていきました。

私は悩める人外ヒロインがヒーローにツノをちゅっちゅされる絵が見たくてたまらなかったので、その裏テーマと【キャンディハウス】というお店の名前を残して、今の『でき魔女』の形に落ち着きました。

リーニャは、私の好きなメンタルつよつよヒロインです。よく笑い、よく照れ、よく食べて、でっかいコンプレックスをでっかい帽子で隠しながら強がっているところが大好きです。

ジルについては、圧倒的【陽】のキャラをヒーローに据えるのは初めてだったのですが、魔法も権力も財力も愛情もぶっ飛んでいる無双ヒーローは、書いていてとても楽しかったです。

読者様にも、本作の中でお気に入りのキャラクターを見つけていただけると嬉しいです。

最後に謝辞を。コミックス原案のお声掛けをしてくださったN様、企画を一緒に練ってくださった初代漫画編集者のY様、コミカライズを統括してくださるだけでなく、ノベライズにまで繋いでくださった二代目漫画編集者のK様、ノベライズ版を形にしてくださった編集者のH様と編集部の皆様、コミックスから引き続きイラストを担当してくださった那須《なす》まうー先生と、出版に関わってくださったすべての方々。そして『でき魔女』を応援してくださる読者の皆様に厚くお礼申し上げます。

たくさんの方々に支えられ、本作を一冊の書籍として出版ができたことをたいへん嬉しく思います。漫画連載はまだまだ続きますので、引き続き『でき魔女』をお楽しみいただけますと幸いです。

ゆちば

ブックス
毎月23日頃発売！

伯爵令嬢サラ・クローリアは今日も赤い糸を切る
著者：百川 凛　イラスト：鳥飼やすゆき

毒の寵妃は後宮で花ひらく
著者：沖田弥子　イラスト：あのねノネ

前略母上様 わたくしこの度異世界転生いたしまして、悪役令嬢になりました 1・2 完
著者：沙夜　イラスト：ムネヤマヨシミ

事故チューだったのに！
著者：こう　イラスト：日下コウ

魔力のないオタク令嬢は、次期公爵様の一途な溺愛に翻弄される
著者：糸加　イラスト：鳥飼やすゆき

旦那様は他人より他人です ～結婚して八年間放置されていた妻ですが、この度旦那様と恋、始めました～ 1
著者：秘翠ミツキ　イラスト：夕城

純潔の男装令嬢騎士は偉才の主君に奪われる 1・2
著者：砂川雨路　イラスト：黒沢明世

ラチェリアの恋 1～3 完
著者：三毛猫寅次　イラスト：アオイ冬子

棄てられた元聖女が幸せになるまで ～呪われた元天才魔術師様との同居生活は甘甘すぎて身が持ちません!!～ 1・2 完
著者：櫻田りん　イラスト：ジン．

コミカライズ情報

伯爵令嬢サラ・クローリアは今日も赤い糸を切る
漫画：大橋キッカ　原作：百川 凛
コミックシーモアにて絶賛配信中！

王宮には『アレ』が居る
作画：aoki　原作：六人部彰彦
ネーム構成&キャラクターデザイン：三槻ぱぶろ
コミックシーモアにて絶賛配信中！

悪役令嬢は嫌なので、医務室助手になりました。
漫画：東 由宇　原作：花煉
単行本1・2巻絶賛発売中！

魔力のないオタク令嬢は、次期公爵様の一途な溺愛に翻弄される
漫画：まぶた 単　原作：糸加
単行本1・2巻発売中！

純潔の男装令嬢騎士は偉才の主君に奪われる
漫画：黒沢明世　原作：砂川雨路
単行本第1巻発売中！

ラチェリアの恋
漫画：みなみ恵夢　原作：三毛猫寅次
単行本第1巻 2月22日頃発売予定！

そのほかタイトルも続々コミカライズ企画進行中！

プティルブックス

できそこない魔女の嫁入り
～かつての弟子からこじらせ溺愛されて成り上がります～

2025年1月28日　第1刷発行

著　者　ゆちば　©YUCHIBA 2025
編集協力　プロダクションベイジュ
発行人　鈴木幸辰
発行所　株式会社ハーパーコリンズ・ジャパン
東京都千代田区大手町 1-5-1
04-2951-2000（注文）
0570-008091　（読者サービス係）
印刷・製本　中央精版印刷株式会社

Printed in Japan K.K.HarperCollins Japan 2025
ISBN978-4-596-72163-1

※この作品はフィクションであり、実在の人物・団体・事件等とは関係ありません。

※本書は、コミックス『できそこない魔女の嫁入り～かつての弟子からこじらせ溺愛されて成り上がります～』の原案者が小説用に内容を再構成し書き下ろした作品です。